KEITAI
SHOUSETSU
BUNKO
野いちご SINCE 2009

神様、私を消さないで

いぬじゅん

● STARTS
スターツ出版株式会社

カバーイラスト／夢乃ゆめ

車を降りると強い風が髪を躍(おど)らせた。

　——キィ、キィ……。

　どこからか、ブランコが揺れるような金属音が聞こえている。
　前を見ると、頼りない吊り橋が左右に揺れていた。

　——キィ、キィ……。

　右へ左へ揺れるたびに、悲鳴をあげているよう。
　吊り橋の手前には【永神村(ながかみむら)　入り口】と記してある看板があった。
「え……ここ？」
　つぶやく声を谷からの風がさらってゆく。
　向こう側には山があり、集落が見えた。
　赤い鳥居(とりい)がいやに目立っている。
　空には重く黒い雲がゆっくりと流れていて、今にも雨が降りそう。
　悪い予感が騒ぎだし、ため息になってこぼれた。

　いつか、そのため息が絶望に変わるなんて、あの日の私には知る由(よし)もなかった。

contents

第一章
『とある、閉ざされた村で』　5

第二章
『儀式のはじまり』　53

第三章
『吊り橋のように心は揺れる』　101

第四章
『歯車が狂う音』　153

第五章
『秋祭り』　191

『エピローグ』　233

第一章
『とある、閉ざされた村で』

4月4日、曇り。

人の良さそうな校長先生の横で私は唖然(あぜん)としていた。

校庭には40人くらいの生徒がいて、朝礼台に立っている私たちを見てくる。

なんだか動物園の動物になった気分。

「というわけで、新学期早々この村にうれしい出来事がありました」

さっきからマイクも使わずに笑顔でしゃべっているのは、この中学校の校長先生。

「ここにいるふたりが、今日からわが校の生徒になったのです」

初老の校長先生の言葉に、一斉(いっせい)に拍手が鳴ったので軽く頭を下げた。

わが校って……これで全部？

あらためて眺めると、私が着ているのと同じ制服姿なのは20人もいない。

残りは、半袖(はんそで)半ズボンで、どう見ても小学生にしか見えない幼い生徒ばかり。

ということは、中学生は半数程度ってことなの？

「ここは小学校と中学校が同じ校舎を使っているんですよ」

私のとまどいに気づいたのか、そうこっそり校長先生が教えてくれる。

「そう、ですか」

つまりながらも答えると、また一斉に視線が集まるのを感じた。

第一章 『とある、閉ざされた村で』 >> 7

　田舎の子ならではの純粋な目がキラキラしている。
「それでは自己紹介をしていただきましょう」
　校長先生の言葉に、さっと背筋を伸ばした。
「空野結愛です。中学２年生です」
　そう言うと、また拍手が上がった。
　なんだか、まだ信じられない。
　ここまで生徒が少ないとは思わなかった。
「空野さんは東京から引っ越してこられました」
　校長先生の声に、いくつかの歓声が上がった。
　東京、って言っても端っこのほうなんだけど……。
「そして、同じ中学２年生がもうひとりいます」
　その言葉に、隣にいる男子生徒に意識を向けた。
　彼は緊張した様子もなく、「樋口大和です」とだけ口にした。
　小さいけれど、よく通る声だった。
　顔ははずかしくて見られない。
　校長先生が話を続けるなか、ぼんやりとあたりを見回す。
　それにしても……あまりに田舎だ。
　田舎ならば土地は余っていそうなものなのに、異様に狭い校庭に小さく古い旅館のような木造の校舎。
　過疎化が進んでいるのか、中学生全部を合わせても１クラスにも満たないくらいの人数だし。
「……やだな」
　ボソッとつぶやいた声をあわてて咳でごまかした。
　その音にすら、一斉に視線が集まるような気がして目線

を落とした。
　これからここで暮らしていくなんて、悲劇としか言いようがないよ。

　薄暗い廊下を歩く。
　──ギシ、ギシ。
　踏みしめるたびに、木が悲鳴をあげているような音がして、おそるおそる足を踏み出してしまう。
　隣を歩いているのは、さっきの校長先生。
　彼は担任も兼務していて、さらには国語と社会の科目も担当しているとのこと。生徒が少なければ先生も少ないってことなのだろうけれど、なんだか大変そう。
　名前は聞いたけれど覚えていない。
　古い校舎にはもちろんクーラーなんてものはなく、開けっぱなしの窓から広がる山の風景を眺めながら進んでいく。
　どこを見ても山だらけでうんざりする。
「ここです」
　そう言って立ち止まった教室のプレートには【中等部2年】と、手書きで書かれている。
　やっぱり1クラスしかないのか……。
　少し離れて後ろを歩いてくる樋口大和という男子を振り返ることもできないまま、私は教室に入った。
　1歩足を踏み入れたとたん、頭のなかがまっ白になる。
　……ウソでしょう？

見間違いかと思った。
　そこには机が５個横並びにあり、真んなかの３つにだけ生徒が座っていたからだ。
　両端は、私と樋口大和の席ってこと？
「驚きましたか？」
　考えを先読みしたかのように校長先生が言うので、素直にうなずいた。
　いくらなんでも少なすぎる……。
　ため息を落としながら、気づけば教壇に立たされいた。
「先ほども紹介したとおり、今日から仲間になる空野結愛さんと樋口大和さんです」
　たった３人の拍手ががらんとした教室にむなしく響いた。
　いや、よく観察すると端にいる女子は手すら叩いていない。
　こんなに同級生が少ないなんて、悪い夢のようだ。
　だけど、この村に来たときからそんな予感があったのはたしか。それくらい子供の姿をほとんど見かけなかったから。
　それでも、ここまで少ないとは……。
「ようこそ、永神村へ」
　音もなく立ち上がったのは真んなかの席の女子。
　黒くて長い髪、まつげも長くてすごくきれいな子だった。
　優しい笑顔が好意的に思え、少しだけ気持ちが落ち着いた。

「河原亜弥子です。クラス委員をしています」

そう言った彼女に目を丸くしてしまう。

３人しかいないのに『クラス委員』なんて、冗談かと思ったのだ。

けれど、誰も笑わないので急いで真面目な顔に戻した。

「よろしくお願いします」

ふわっと髪を揺らしてお辞儀をした河原亜弥子が座ると同時に、ガタガタッと大きな音をたてて立ち上がる隣の女子。

「大田雅美です。これからよろしく！ 趣味は食べること」

自分で言ってガハハと笑った大田雅美は、丸いフォルムで豪快な性格らしい。

ポニーテールに赤い頬で、田舎の女の子そのものって感じ。

あいまいにうなずく私に、もう一度ニッと笑顔をつくると大田雅美も腰をおろした。

もうひとりいる女子は私から見て左の席。

ショートカットの髪に目が丸くて、すごくスリムな体型。

色白な肌が印象的な彼女は、立ち上がることもなくじっと私を見ているだけ。

さっき手を叩いていなかった子だ。

その目は好意的ではなく、まるでにらまれているみたい。

思わず視線を逸らしてしまった私に気づいてか、「鈴木広代さんです」と、校長先生が代わりに紹介してくれた。

それでもなお、鈴木広代は私から視線をはずさなかった。

少しヘンな子かもしれない……。
ゴクリとつばをのみこんで、それでも頭をさげる私。
たった5人のクラスで、私の中学2年生がはじまった。

　始業式だけで授業のない今日は、これで下校になるみたい。
　校長先生が出ていったあと、河原亜弥子と大田雅美は待ちきれなかった様子で私に与えられた窓側の席にやってきた。
　鈴木広代は？と見ると、手早くカバンに荷物を詰めて教室から出ていってしまった。
　なんだか受け入れられていない感じがイヤだな……。
　単なる人見知りとは違う、あからさまな拒絶を感じてしまったし、実際にそうだったのだと思う。
　気にしながらも、興奮した声のほうへ顔を向けた。
「東京なんてすごいね！」
　大田雅美がキャラにたがわず菓子パンを食べていた。
「ぜんぜん想像と違うよ。東京っていっても都会じゃないから」
「それでもすごいよぉ。あー、うらやましい」
　雅美が楽しそうに笑うので、なんだかホッとした。
　その横に立っている河原亜弥子の表情も優しげ。
「私たちはこの村からあまり出たことがないから、いろいろ話聞かせてね」
「うん」

ガタッと音がしたのでそちらを見ると、樋口大和も帰るのか席から立ってカバンを肩にかけたところだった。
　亜弥子が「樋口くん」と、声をかけるとゆっくりとこっちを向く。
　樋口大和の顔をそのとき初めて見た気がした。
　短めの髪に、鋭い目。
　身長は私よりもずっと高そう。
　だけど、気になるのはその顔に笑顔のかけらも浮かんでいないことだ。
　口をへの字に結んだ顔は、まるで笑ったことがないみたいに感じる。
「こっちで少し話しようよ」
　亜弥子の誘いにも、大和は首を横に振る。
「俺はいい」
　短く言うと、背を向けて出ていってしまった。
　一瞬無言になってしまう私たち。
　すぐに雅美が「きゃはは」と笑い声をあげたのでびっくりした。
「樋口くんかっこいいよね。きっと男子ひとりだから照れているんだよ」
「うん」
　うなずく私に、「彼女いるのかなぁ」なんて目を輝かせている。
　大和は無愛想だったけれど、整った顔にスポーツでもやっているかのような褐色の肌が印象的だった。

雅美の言うように、たしかにかっこいいかもしれない。
「雅美は色気より食い気のほうが優先でしょ」
　亜弥子の冗談に雅美は、「あ、そっか」なんて言うから思わず私も笑ってしまった。
　あ……。
　私、今自然に笑えている……。
「結愛はどこに住んでいるの？」
　長い髪を窓からの風に揺らせながら、亜弥子が呼び捨てで言ったから、私は笑顔のまま固まってしまう。
「あ、いきなり呼び捨てなんて気にするよね。ごめんね？」
「ううん。ちょっと……驚いただけ」
　正直に告白した。
　すると、雅美がその大きな顔にある小さな目を輝かせた。
「あたしも呼びたい！　結愛っていい名前だし」
「もちろん」
　今度は遅れずに答えられた。
「じゃあ、結愛も私のこと雅美って呼んでよね」
　すっかりペースにのせられながら私もうなずく。
　なんだか、田舎の人って直球なんだな、と思った。
　ズカズカと人の心に入ってくるのは苦手だったけれど、転校生という状況ではありがたかった。
「雅美の家は、神社なんだよ」
　亜弥子の説明に、きょとんとした。
「神社って村の真んなかにある大きなやつ？」
「そうだよ」

答えたのは雅美。
　へぇ、と思った。
　小さな村には似つかわしくない大きな神社が家の近くにあったから。
　引っ越して来て数日だけれど、その神社を目印にして近所を探検したから覚えている。
「なんていう神社なの？」
　素朴な質問を投げると、
「そのまんま。永神神社」
　と答える雅美は、今度は亜弥子を指さす。
「そういう亜弥子のお父さんは村長さん」
「すごいね」
　私の言葉に亜弥子がゆっくりと首を振った。
「こんな小さな村だから」
　ヤバい……。
　もっと驚くべきだったのかも。
「村の代表ってことだよね？　それってすごい」
　重ねて言ってフォローする私にまんざらでもない顔をした亜弥子に、ようやく胸を撫でおろした。
　ああ、やっぱりここは田舎なんだ、と思い知る。
　同じクラスに村の神社の娘と村長の娘がいるなんて、狭い世界ならではの話だろう。
　人口も少ないのは見るからにあきらかだし、きっと村の大人はみんななにかしらの役割を担(にな)っているのかもしれない。

「結愛はどうしてこの村に引っ越してきたの？」
　亜弥子の質問に思考を中断した。
「あ、あの……」
　とっくに聞かされていると思ったから驚いた。
「それがね……」
　ぐるぐると答えを探す。
　本当のことを言うべきか、ごまかすべきか……。
　だって、あまりにも急展開でここに来ることが決まったから。
　あの日、お父さんが新聞の求人を見なければこんなことにはならなかったはず。
　あれからずいぶん時間が経ったような気がしているけれど、実際は違う。

＊　＊　＊

　それは、春休みに入ったばかりの寒い朝だった。
　さっきからアパートのドアが何度も鳴らされている。
　不規則にドンドンと大きな音で、時折蹴るような音まで。
「空野さーん。いらっしゃいますかー」
　言葉だけは丁寧に、だけど乱暴にドアを打ちつける音。
　しなっているドアが今にも割れてしまいそうで、ただ怖かった。
　さっきから薄い布団にくるまってじっと耐えている私。
「声を出すなよ」
　お父さんが、こんなときなのにおもしろがっているよう

にヒソヒソ声で言う。
　隣の部屋からは、無理やり起こされた赤ちゃんの泣き声が続いている。
　不愛想な若い夫婦の子供に違いない。
　泣きやんだかと思うと、すぐにドアを鳴らされるのでまた泣きわめく。
　その繰り返し。
　いろんな騒音に頭が割れそう。
「いい加減にしてください。警察を呼びますよ」
　ヒステリックな声が聞こえた。
　耐えかねた隣の奥さんが抗議しているのだろう。
「すみませんねぇ、奥さん」
　笑いを含んでいる男の声。
　何度か声をかけられたことがあるから、顔も知っている。
　温厚そうに笑う中年の男性。その目がけっして笑っていないのを見て、ゾッとした覚えがある。
「空野徹さんに用事があるんですよ」
「だからってこんな朝早くに、非常識じゃないですか」
「私たちも仕事ですからねぇ。返してもらいたいものがあるのですよ」
　慣れているのか、軽く答える男の声。
　もうやめて……。
　耳をふさいでも、今日はしつこく続く騒音。
「返せ、って言っても法外な金額なんだぜ」
　おどけるようなお父さんをにらみつけた。

誰のせいでこんなことになったのよ……。
　お母さんとだって、借金のせいで離婚をすることになったんだよ？
　この間まで一緒にいるのが当たり前だったのに、今はもういない。
　全部お父さんのせいなのに、なんで笑っていられるのよ。
　ようやく去ったらしい借金取りの気配。
　それでもカーテンはここのところずっと閉めたままだ。
　男たちは校門の前で待ちぶせして、娘である私にさえからんできたから。
　春休みになったからまだいいけれど、新学期からどうすればいいのだろう。
　そのことを考えると気分は重くなる。
「ったく、しつこいよなぁ」
　タバコに火をつけたお父さんがあぐらをかいて、昨日拾ってきた新聞を眺めている。
「どうすんのよ」
　このセリフを何度これまで言ったのだろう。
「大丈夫だよ、大丈夫」
「大丈夫じゃないから言ってるの。会社はどうしたの？」
「なくなった」
「は？」
　信じられないようなことを世間話のように口にするこの人は、本当に私の父親なのだろうか？
「今度はうまくいく、って思ってたんだけどなぁ。まぁ、

またすぐ作るから」
　まるで粘土細工でも作るかのように簡単に言っている。
　鼻歌まで歌っているお父さんが信じられない。
　もうすぐ春休みが終わって2年生になるというのに、これじゃあ学校にも行けない。
　社長を夢見て起業しては失敗する、そんなことを繰り返しているなんてまるで子供みたい。
　無計画で思いつきの行動ばかり。なんでこんな人がお父さんなのよ……。
　私のため息に気づいたのか、お父さんは灰皿でタバコをもみ消すと、「心配すんな」と、笑った。
「心配するよ」
　すぐにツッコミを入れてから、なぜか私も笑ってしまう。
　この生活にマヒしてきているのか、少しのことでは動じなくなっているのも事実。
　それにこんなだめなお父さんでも、なぜか心から憎めないのが私の弱点だとも思う。いつだって最後は許してしまうし、「なんとかなる」って思ってしまうから。
「結愛はしっかり者だからなぁ。自慢の娘だ」
「褒めてもムダだからね」
「バレたか」
　そう言って新聞の記事に目を落としていたお父さんが、「おっ」と、声をあげた。
「結愛、これ見てみろ」
　また闇金でお金を借りるつもりなのか、とうんざりして

いると、バサッとシワだらけの新聞を渡された。
「いいから。ほら」
「どこよ」
「ほら、下の【求人】のところ」
　興奮したような言いかたに、しぶしぶ目線を落とす。
　小さな欄(らん)にはたくさんの求人情報が並んでいた。
　薄暗い部屋ではうまく見えずに目をこらすと、その記事が目に飛びこんできた。

【移住者求む】
　家と仕事を用意します。移住できる人のみ応募可。
　　　　　　　　　　　　　　　　──永神村復興会

　　　　　　　　　＊　＊　＊

「復興会？」
　亜弥子の言葉にうなずいた。
　雅美もきょとんとした顔をしているので、知らないみたい。
「それに応募したみたい。審査に通って、あれよあれよという間にここにきていたの」
「じゃあ家も用意してあったの？」
　首をかしげる亜弥子にうなずく。
「半信半疑だったけれど、ちゃんと用意してあった。仕事もすぐにもらえたみたい」

正直に話をしたのは賭けだった。
　どうせここに長居はしない自信があったのも理由のひとつ。
　お父さんは引っ越してきてすぐに、「今度はどんな会社を作ろうか」なんて言ってたので、めどがつけばすぐにまた引っ越しだろうし。
　端っこだったとは言え、ここでの生活は東京での生活とはあまりにも違いすぎる。
　ここにはコンビニもなければ、意識しなくても耳に入っていた街角の音楽も、信号の音すらも聞こえない。
　とてもずっと住むなんていうイメージがつかなかった。
　それに、昔からウソをつくのだけはキライな私の性格。
　こんな狭い村ならば、いつかは本当のことがわかっちゃうだろうから。
「うちのお父さん、そんなこともやってるんだね」
　村長であるお父さんから本当に聞いていなかったのか、亜弥子が感心したように口にした。
「私としては、また学校に通えたからうれしいけどね」
　これは本心だった。
　あのままだと永遠に学校に行けそうもなかったから。
　それに、友達にもどんな顔をして会えばいいのかわからない。
　親が借金まみれだなんて、はずかしすぎる。
「じゃあさ」
　雅美が大きな体を乗り出してきた。

「樋口くんのところもそうなのかなぁ。なにか事情があるのかも」

　ああ、たしかに、と思う。

　たしかお父さんが『もう１家族選ばれたらしい』って言ってたから。

「ごめん、わからない。たまたまなのかも」

　余計なことは言っちゃだめ。

　自分に言い聞かせてごまかしておいた。

「そっか」

　と、うなずいた雅美だったけれど、ふにゃと表情をゆるめた。

「どっちにしても、あたしたちにとってはうれしいよね。３人しかいなかったクラスメイトが一気に５人だよ！」

　そういうものなのか、と思った。

　村って聞いてたから他の土地から来た人を受け入れないようなイメージだったけれど、ここはいいところなのかもしれない。

　おだやかな空気に、ようやく少し安心している私がいた。

　私たち親子に与えられた家は、小さな平屋だった。

　けっして新しくはなく、どちらかというと周りの家よりもずいぶん古い家に見える。

　村から出て行った家族のものらしいけれど、小さいながらも使い勝手のいい間取りだ。

　なにより、カーテンを開けて生活できるのがうれしかっ

た。
　神社の並び沿いに建っているから、学校からでも迷うことはなく家に着いた。
「あら、お帰りなさい」
　カバンに入れたカギを探していると、隣の家のおばさんがにこやかに挨拶してくれた。
「……ただいま戻りました」
　慣れない言葉で返して、早く家に入ってしまいたい気持ちをなんとか押しとどめた。
　誰とでも打ちとける自信はあるけれど、大人とコミュニケーションをとるのは慣れない。
「今日から学校なの？」
「はい」
「古いけれど昔からある学校なのよ」
「そうみたいですね」
「早く慣れるといいわね」
　今どき割烹着を着ているおばさんは、「そうだ。これよかったら食べて」と、玉ねぎを渡してくれた。
　まだ土がついていて採れたてなのがわかる。
「え、でも……」
「いいからいいから。うちの畑で採れたのよ」
「あ、ありがとうございます」
　ニコニコと笑顔を絶やさないおばさんに気おくれしながらも、両手で受け取ると、ツンとした独特のにおいがした。
「もうお友達はできた？」

「……はい」
　笑顔を作ろうとしても難しかった。
「２年生と言えば亜弥子ちゃんたちね。いい子よ、あの子は」
「ええ」
　うなずきながら、ふと気づいた。
　……私が中学２年生って、なんで知っているの？
　ひょっとしてお父さんが言ったのかな。
「それじゃあ、またね」
　家に戻っていくおばさんにお礼を言うこともできないまま、家の戸を開けた。
　こういう付き合いにも慣れていかなくちゃいけないのかも……。
　きっと田舎に住むってこういうことなんだろうな。
　でも、大人ってなんだか苦手だし、できれば挨拶くらいで勘弁してほしい。
　この間までは外に普通に出かけられることが唯一（ゆいいつ）の願いだったのに。人ってぜいたくなものなんだな、って学んだ気分。
「おう、お帰り」
　ランニングシャツ姿でビールを飲んでいるお父さんは、まだ数日だというのにすっかりここの生活になじんでいるみたい。
　東京にいるときよりも生気（せいき）の宿った表情をしている。
　テーブルの上には空になったビールの缶がいくつかあった。

「もう飲んでいるの？　仕事は？」
「終わったよ」
　陽気な赤ら顔に心底情けなくなった。
　これみよがしに目の前で正座をすると、にらんでみせる。
「なんだよ」
「あのさ、なんでここに来たのかわかってんの？　ちゃんと仕事しないと追い出されちゃうでしょ」
「本当に終わったんだってば」
「まだお昼前だよ？　こんな早いわけないでしょ」
　私の非難にお父さんは唇をとがらせた。
「俺も思ったよ。聞いてみたら、朝早いだけでそのあとは昼寝でもしてればいいんだってさ」
　お父さんに与えられたのは茶畑の手伝い。それに農作業の手伝いとのこと。
　山の斜面にあるそれらの手伝いに、この数日朝早く行っているのはたしかだけれど……。
　でも、こんな時間に終わっちゃう仕事なんてあるの？
「今夜は歓迎会をしてくれるんだってさ。いやあ、永神村はいいところだよな！」
「ふーん」
　だからといって昼間からお酒を飲んでいいわけはないだろうに。
「とにかくお金は大事なんだからね。飲みすぎないでよ」
　お母さんがいない今、私がしっかりと家計を管理しなくちゃ。

「あー怖い怖い」
　冗談で答える酔っ払いに、納得できないまま自分の部屋に戻った。
　スマホを取り出してみるが、ない電波を探し疲れたのか間もなく電源が落ちそうなほどしか充電がない。
「ほんと田舎だよね」
　今どき電波が届かないなんてありえないし。
　みんなどうやってSNSとかやってるんだろう。
　しばらくはスマホを片手にウロウロしてみたけれど、どんなにがんばっても表示は"圏外"のまま。あきらめた私は畳に横になった。
「ベッド、持ってきたかったな……」
　ぬいぐるみも、卒業アルバムも置いてきてしまっている。
　持ってこれたのは下着とか洋服くらいのもの。
　夜逃げ同然でやってきたから無理もない。
　今ごろ失踪騒ぎになっているかも。
　それに、大荷物を持ってきていたとしても、あの吊り橋は渡れなかっただろうし。
　村に入るためには、手前の空き地に車を置いて、人がひとりなんとか通れるくらいの細い吊り橋を渡らなくてはならないから。
　ふと、はじめて車から降りたときのことを思い出す。

　まだ新しそうに見える鉄製の吊り橋が音をたてて揺れていた。

——キィ、キィ。

　耳障りな音が聞こえてきて、まるで閉ざされた村に入るみたいに思えてゾッとしたっけ。

　不安だったけれど、実際に住んでみると今のところはみんないい人ばかり。

　取り越し苦労ってことかな。

　それでも、東京とはあまりにも環境が違いすぎる。

　静岡県浜松市という場所は聞いたことがあったけれど、訪れたのは初めてのこと。

　浜松西インターを降りたあたりは普通の町に見えた。

　が、「住みやすそう」なんていう考えは、車で１時間も走れば消え失せた。

　どんどん細くなる道に、まばらになってゆく民家。

　山道を進んで、終わったと思ったら次の山が姿を現す。

　早朝に東京を出たというのに、ようやく吊り橋の手前の空き地に車を停めたころには日も落ちかけていた。

　本当はこの村に来たくなんてなかった。

　その原因を作ったお父さんはお気楽だし、なんだかムカムカしてしまう。

　何回こぼしたかわからないため息をつく。

　窓から見える空は東京となんら変わりないのに、目線を下げると見える景色は山ばかり。

　さらに吊り橋を渡ったところにあるこの永神村は、車も走っていないし、道だってなんとか舗装している程度。

　本当にここで暮らしていけるのかな……。

早くも脱出計画が頭で浮かんできてしまう私だった。

いつの間にか寝てしまっていたのだろう。
突然の耳をつんざくような音に、文字どおり飛び起きた。
——ウーウー。
サイレンのような音が鳴っている。
「火事!?」
起き上がってとっさに窓のほうに近づき、外を見まわしてみる。
キョロキョロと落ち着きなく目を動かしていたけれど、そのうち音は聞こえなくなった。
「今のなに？」
居間に行くが、お父さんの姿はない。
飲み散らかしたビールの缶がテーブルに散乱していたけれど、そんなこと、今はどうでもいい。
外に出て確認してみても、もう音がすることはなかった。
家に戻って時計を見ると午後5時前。
なんだかさっき聞いた音が現実ではなく、夢のなかの出来事に思えてしまう。
まだ心臓がドキドキと鼓動を速く打っていた。
「なんだったの……」
つぶやいていると電話が鳴った。
前の人が使っていたという黒電話。その鳴りかたは、ジリリリとくぐもった音のわりに大音量だった。
「もしもし」

借金取りかもしれない、という恐怖でおそるおそる出ると、『結愛？』とお母さんの声が聞こえた。
　急に張りつめていたものが解かれた気分になり、床に座りこんだ。
「お母さん」
『どう、元気にしているの？』
　遠い声は、電話のせいか距離のせいか。
「うん。それなりにね」
『そう、よかった。今日から学校でしょう？』
　いつだって私を心配してくれるお母さん。
　できればお母さんのそばにいたかったけれど、ひとりで暮らすのがやっとだ、って言っていたからワガママをのみこんだ。
「学校さ、1クラスしかないんだよ。しかも2年生は私を入れて5人しかいないの」
『あらあら。そうなのね』
　クスクス笑うお母さんに、「ほんと田舎なんだよ。イヤになっちゃう」と、グチを言った。
『少しの辛抱よ。お母さんね、正社員として採用されたの』
「すごい」
『保険のセールスだから大変そうだけどね。でも、落ち着いたら一緒に暮らそうね』
「うん」
　うなずきながら、うっすらと希望の光が見えたような気がした。

お父さんのそばにいるよりも、絶対に精神的には安定するだろうから。
　だけど、できればまた３人で暮らしたいな。
　そんなことを思ってしまう私は、ほんとにお父さんに甘いなぁ、と自覚する。
『もう少し辛抱してね』
「わかった」
　お母さんの声に、素直にうなずいた。
　なんてことないよ。
　ゴールがあるなら、今の状況にも耐えられるから。
『結愛には迷惑ばっかりかけているわね』
　お母さんの言葉に思わず涙があふれそうになり、ぶんぶんと首を振った。
「大丈夫、迷惑かけられるのは慣れているから」
　あえて冗談ぽく言った。
『まあ、この子ったら』
　おかしそうに笑うお母さんに、心のなかでホッとした。
　……これでいい、と思った。
　今は家庭はバラバラになってしまったけれど、いつかまた一緒に暮らせる日は来るのだから。
　願えばきっと叶うよね、お母さん？

　それからの学校は、まままあ楽しかった。
　全部亜弥子と雅美のおかげだ。
　ふたりはいつでも私を気にかけて、休み時間のたびに話

をしに来てくれた。
　亜弥子はクラス委員だし父親が村長をしているだけあって、どちらかというと優等生タイプ。
　雅美はお気楽で明るいムードメーカー。
　ふたりといると楽しかったし、夜逃げ同然でここに来たことを知っても優しいままだったから安心もした。
　お母さんと一緒に暮らしたい気持ちは変わらなくても、楽しい毎日に「まだしばらくはここにいてもいいか」と思ってしまうことも増えていた。

　ある日の授業は社会見学。
　といっても村の歴史を学ぶためのものらしい。
「転校生もいることだし、村をぐるりと周ってみましょう」
　校長先生の提案に、桜の散った村を私たちは歩いた。
　途中で、『用事ができた』と学校に戻った校長先生に代わって引率するのは亜弥子。
　私と亜弥子、そして雅美が並んで歩く。
　後ろからは大和、そしてずいぶん遅れて広代。
　大和とは短い言葉なら交わす機会もあったけれど、広代とは転校以来一度も話をしていないままだった。
　というか、広代はそもそもクラスで誰とも話をしていない様子だった。
　まるでクラスメイトが見えないかのように、いつだってひとりだったし無口だった。
　振り返ると、小さな校舎が山をバックにして建っている。

「この学校はね、昔、神社の一部だったの」
　亜弥子の言葉に、「え？」と、聞き返す。
「旅館でいえば『別館』みたいな感じ。式典とかをする場所だったみたい。当時から学校も兼ねてたらしいけどね」
「だから、学校っぽくない建物なんだね」
　言われてみれば、木造で狭い教室、リレーもできないくらい小さな校庭も納得できる。
　亜弥子は「この村の人はほとんどが氏子だから」とか説明してくれたけれど、よくわからない私はうなずくことしかできなかった。
　いつの間にかそばにいた大和が、「へぇ」なんて亜弥子の説明を聞いていた。
　急に横顔が視界に入って一瞬息が吸えなくなったのは、こんなに近くで大和を見たことがなかったから。
　動揺を悟られないように、「神社が中心になっている村なんだね」とさりげなさを装いながらも話しかけるけれど、「へぇ」と、同じ言葉で返されてしまう。
　まだ仲良くなるには時間がかかるらしい……。
　坂道を下ると、その先に吊り橋が見えてきた。
　遠くからでも、
　──キィ、キィ。
　と音を鳴らしているのが聞こえる。
　なんだかこの音は最初に聞いたときから不安を駆りたてられるようで苦手。
　橋の向こうに見える何台かの車は、この村に住んでいる

人のものだろう。

　この村に来たときは気づかなかったけれど、吊り橋を渡り終えた場所から数メートル手前のところに看板が立っていた。

　小さな木でできた掲示板のようなものに、文字が直接彫られている。

　近づいて文字を読む。

【秋■■■刻　永神様■■■り　火■野、■を捧げ■　さすれば■■の地となり】

　木がボロボロになっていてほとんど読めない。

「ああ、これ？」

　目を細めてなんとか解読しようと試みている私の隣に、雅美が立った。

「昔からの言い伝えらしいよ」

「へぇ……」

　文字に手を当てるとでこぼこの穴にたまった汚れで指の先が黒くなった。

　そうとう古いものなのだろう。

「お父さんに『早く直して』って言ってるのに、まだやってなかったんだ」

　亜弥子も雅美の後ろからのぞきこんで呆れた声を出す。

「どういう意味なの？」

　私の質問に、亜弥子はにっこり笑った。

「この村には秋祭りがあってね。それに必要な言葉なのよ」

「秋祭り……」

そう言われても歯抜けの文字は文章になっていないから想像もつかない。
「永神様に火や穀物とかを捧げるっていうお祭りでね、この村のメインイベントなのでーす」
　わからないまま看板を眺めていると、雅美が説明してくれた。
　お祭りがメインイベントなんて、田舎らしいなぁ。
　心のなかでディスる私に、雅美は続けた。
「今年の秋祭りはね、結愛と大和が主役なんだよ」
　と言ったので驚いた。
　なんで私たちなの？
　口を開こうとすると、「なんで俺たちなんだよ」と、大和が先に言った。
　大和が自分から発言するのは珍しいからだけでなく、まさしく私が今言おうとしていた言葉だったからドキッとしてしまった。
　質問されたふたりは顔を見合わせてから私たちを見る。
「じゃあ、教えてあげる。神社に行けばわかるよ」
　亜弥子の言葉が意味深で、なんだか謎解きみたいにワクワクしてしまう私。
　その反面、少し不安な気持ちになってしまう。
　それより気になるのはこの吊り橋だ。
　人がひとり歩くのがやっとという細い幅しかない。
「これじゃあ宅配便とか困るよね？　大きな荷物はどうやって運ぶの？」

私の質問に、雅美は「簡単だよ」と笑った。
「ヘリコプター便ってのがあるんだよ」
「ヘリコプター？」
　意外な答えに目を丸くしていると、思い当たったらしい大和が答えた。
「サイレン鳴らしてるやつ？」
　その単語に覚えがあった。
　えっと……。
「サイレンって……あ！」
　この間聞いた、あのすごい音のこと？
「そうだよ。ある程度届く荷物がたまったらヘリコプターが運んできてくれるんだよ」
　雅美の答えに私は首をかしげた。
「ヘリコプターが降りられる場所なんてあったっけ？」
　広い村だけど、ほとんどが山に囲まれていてそんなに広い場所があった記憶はない。
　すると、亜弥子と雅美は目を見合わせたかと思うと、「プッ」と吹き出す。
「え、なに？」
　自分がおかしいことを言ったのかと不安になる。
　すると、大和が、ボソッと言った。
「学校の裏手の空き地」
「え、裏手？」
「そのとおり、さすが大和」
　雅美が言うが、にこりともしないで大和はそっぽを向い

ている。
「学校の裏側にヘリポートがあるのよ。といっても、ただの原っぱなんだけどね。そこに荷物が届くの。サイレンを合図に注文した覚えのある人は集まる、ってわけ」
　亜弥子が私に言ったので記憶をたどる。たしかに校庭とは反対側に広い空き地があったような……。
　でも今どきそんな荷物の運びかた……。
「浜松市ってもっと都会だと思ってた」
　思わず出た言葉に、自分でもあせってしまう。
　ここに住んでいる人に対して言うセリフではなかった。
　私の言葉にふたりは顔を見合わせる。
「まぁ、ここは特別なんだよ」
　と、笑った。
「特別？」
「そう」
　亜弥子がうなずいて吊り橋を指さした。
「こんな橋で村に入る人を制限するなんておかしいと思うでしょう？」
　たしかに違和感がある。
　まるで他の土地から来た人を拒絶しているみたい。
「昔のお城みたいだよね」
　そう答えた私に、雅美がうなずく。
「神社のせいなんだよ」
「神社？」
　歩きだしたふたりについて行きながら、聞き返した。

道のずいぶん先に、神社の屋根らしきものが見えた。
　雅美の家である神社は、この村のシンボル。
「昔、この村は神様を守る村だったらしいの」
　少し振り返りながら亜弥子は説明してくれる。
「永神様っていう名前でね、村の名前にもなっているの。その神様を守ることを村人は仕事にしていたみたい」
　なんだか昔話に出てきそうな話だけれど、入り口がひとつしかないのもそれなら納得できる。
「他者を寄せつけない神聖な場所だったから、あの吊り橋が必要だったらしいよ」
　思ってもみないようなこの村の歴史。
　なんだか、神聖な場所というより閉鎖された村であるイメージがいっそう濃くなるように思えた。
　振り返ると、興味なさげな顔をしている大和。
　そのあとにはうつむいてついてくる広代。
　小さくなっていく吊り橋のきしむ音がまだ聞こえている気がした。

　神社のなかは思ったよりも広かった。
「家はあそこ」
　同じ緑色の屋根の建物を雅美が指さす。
「本堂はこっちね」
　と、先に歩いて案内してくれる。
　平日の昼間だというのに、たくさんの村人が参拝に訪れている。それだけこの村の人たちは信心深いのだろう。

「あら、雅美ちゃん」
「いつもお世話様」
　小さい村では皆が顔見知りらしく、そのたびに立ち止まっては私と大和は自己紹介する羽目(はめ)になった。
「ぜんぜん進まねぇ」
　ボソッと口にした大和に、声を殺して笑う。
　隣を見ると、まんざらでもない顔をしているので少し距離が縮まったような気がした。
　よかった……。
　って、なに意識してんのよ。
　こんな田舎に長くはいないつもりなんだから、あまり感情移入をしないようにしなくちゃ。
　そう言い聞かせながらも、さっきからつい大和の顔を盗み見てしまう。
　広代の姿は見えないので適当に散策しているのだろう。
　それにしても、亜弥子も雅美も広代とはさほど仲が良くないみたいで、話題にも出てこない。
　こうもあからさまに避けているのは、なんとなくいじめっぽく思えてしまうんだけどな……。
　とはいえ、私も話しかけていないのは事実なわけで。
　今度、勇気を出して話しかけてみようかな。
　たとえ短い期間しかいられなくても、みんなと仲良くしたいし。
　そんなことを考えながら砂利道(じゃりみち)を進む先に、ひときわ大きな建物が見えた。

「こっちこっち」
　本堂の脇にある通路に入って手招きする雅美。
　建物のなかは、ひんやりとしていて気持ちがよかった。
　先にある上がり框(かまち)で、靴を脱いでなかに入る。
「あ、ここって……」
　私の言葉に雅美はうなずいた。
「本堂のなかだよ」
　格子(こうし)の外に明るい光が見え、お参りしている人の姿が見えた。
　よいしょ、と雅美が畳に座るので私たちもそれにならう。
　広代だけがいない。
「秋祭りのときには、村の人はここに集まるの」
　雅美の説明になかを見渡す。
　そうとう広い畳の部屋。
　これなら村人全員でも詰めれば入れそうなほど。
「集まってなにをするの？」
　さっき、私と大和が『主役』って言っていたけれど、それと関係あるのかな。
　私の質問に、「それは私から説明しよう」と急に低い男性の声が聞こえた。見ると、白い神主(かんぬし)の衣装に身を包んだ男性が顔を出した。
「お父さん！」
　うれしそうに声を出した雅美に目くばせをする男性は、彼女のお父さんなのだろう。
「初めまして。宮司(ぐうじ)の大田弘(ひろし)です」

と、丁寧に頭をさげた。
宮司？
よくわからないけれど神主さんのことなのかな、と同じように頭をさげた。
「こっちが結愛で、それが大和」
雅美の説明に『それ』呼ばわりされた大和が顔をしかめている。
「失礼しますね」
雅美の横に座ったお父さんは、まだ若く見えた。
が、やはりこの神社を仕切っているだけあって背筋もピンと伸びて威厳（いげん）が備わっている。
「さっき吊り橋の看板を見てきたの」
「ああ、そうかそうか」
娘には甘いらしく、うれしそうに言うお父さん。
どこの家庭も一緒なんだな、とほっこりする。
「"しるし"の話をしてあげて」
はしゃぐような声で言う雅美に、お父さんは目を細めて私たちを見やる。
その目に吸いこまれそうな錯覚がして意識的に瞬きをした。
神様の使い、みたいに感じてしまったのかもしれない。
「この村には言い伝えがあります」
話しだす声に、意識が集中する。
おだやかな話し方や低い声色、さすが神主さんという感じ。

「『秋深き夕刻　永神様に右回り　火と野、粉を捧げし　さすれば安楽の地となり』というもので、昔から大事にされている言葉です」

　さっき看板に書いてあった文字だとすぐにわかる。

　私たちみたいな子供にも丁寧に話してくれるお父さんに好感が持てた。

　うちのいい加減な父親とは大違い。

「9月の最後の土曜日にお祭りをします。たいまつをたいて、野菜や小麦を捧げる、というものです」

　これが『火と野、粉』の部分ってことか。

「右回りって？」

　臆することなく尋ねる大和に、お父さんはうなずいた。

「毎年村の秋祭りでは、その年に入村した子供たちに"しるし"を与えます」

「しるし？」

　続けて尋ねる大和。

「そうです。村の子供である、という証みたいなものですね。それで晴れて村の一員として認められる、という古くからの習わしです」

　お父さんが言う言葉に、雅美はうんうん、とうなずいている。

「そのためには、いくつかの課題が神様から与えられます」

　お父さんがそう言うと、大和は顔をしかめた。

「それってミッションみたいなやつ？」

　お父さんは軽く笑い声をあげてから、「そうですね」と

肯定{こうてい}した。
「まぁ、簡単なものですよ。この本堂を右回りに掃除する、とか学校でおこなう課題もあります」
「それで『右回り』ですか」
　納得したような大和がうなずいている。
「詳しくは７月１日に説明をすることになっていますが、せっかく村に来たのですから課題をこなしてくださいね」
　笑顔を絶やさずに言うお父さん。
　ふうん、と聞いていた私だったけれど、"課題"という言葉にテンションは下がる。
　簡単なものとはいえ、めんどうくささが先に立ってしまう。
　それに、秋までにはきっとお母さんの住んでいる家に引っ越しをするだろうし……。
「どうする？」
「え？」
　びっくりした。大和が話しかけてきたのだ。
　アワアワしながらも、雅美や亜弥子を見るとにっこりと笑顔で私を見てくる。
　ふたりは当然やるもの、と思っている感じだよね。
　だけど……。
　なんだか宗教めいていて好きじゃないかも……。
　逆に、もしもやらなかったらどうなるんだろう？
　村の一員として認められない場合、ひょっとして文字どおりに"村八分"とかにされて無視されちゃうとか。

「えっと……」
　ためらいがちに口を開くと、大和がさっとお父さんに視線をやった。
「俺たち、とりあえず保留にします」
　え？
　びっくりしてその横顔を見た。
「でも……」
　口にした私を大和は見ようともせずに、「すぐに決めなくてもいいんですよね？」と、勝手に話を進めている。
「もちろん７月までは時間があるからね」
　お父さんは目を細めて大和と私を見た。
「ってことだから、しばらく考えよう」
　横顔のまま言う彼に、ぼんやりとしてしまう。
　ひょっとして私が迷っているそぶりだったから、気をつかってくれたの？
　状況を整理しようとするけれどなぜか顔が熱くなってくる。
「それでいい？　それとも即決できるなら――」
　急に饒舌になった大和が言う。
「ううん、無理。考えたい」
　そう言って首を振りながらも、胸が高鳴っていた。
　大和に聞こえないかドキドキしながら、亜弥子と雅美の顔をうかがうと、思わず息が止まりそうなくらい驚いた。
　ふたりは無表情な顔でぼんやりしていたのだ。
　……どうしたの？

笑うでもなく怒るでもなく、真顔で動かない表情になぜかゾッとした。
　しかし、一瞬ですぐににこやかな笑みに戻った亜弥子が、「そうだよね。ゆっくり考えるといいよ」と口にした。
　雅美も同じように大きくうなずいている。
「あ、うん……そうするね」
　今のは見間違い？
　違った意味でドキドキしてしまう私に、亜弥子が言った。
「じゃあそろそろ学校戻ろっか？」
　その顔をしっかり見られないまま、私も立ち上がった。

　夕暮れの村にサイレンが響いている。
　校門を出たところで振り向くと、空に小さなヘリコプターが見えた。
　朱色の空と緑の山を背景に、大きな音と一緒にどんどん近づいてくる。
「ご飯を作らなくちゃ」
　と、言い訳して、ひとり急ぐ帰り道。
　さっき本堂のなかで見せたふたりの表情が胸に引っかかっていた。
　能面のような顔に見えたのは見間違いだ、と自分の心に言いきかせてもずっと気になっている。
　なんだか不安な気持ちになってしまい、あれからぎこちなくなってしまった私。
　気づかれていないと思うけれど、早く家に帰りたかった。

みんなが『スーパー』と呼んでいる小さな商店で買い物を済ませると、急いで家に向かう。
　山に囲まれているこの村では、夕日は早く見えなくなってしまう。
　朝も同様に暗い時間が長く続くので、日照時間は短いのかもしれない。
「あら、結愛ちゃん。お帰りなさい」
　隣のおばさんが家の前で掃き掃除をしていた。
「ただいま」
　なんとか笑顔を作ったのは、お父さんがお世話になっているから。
　最近知ったばかりだけれど、お父さんの雇い主である社長が隣の家のおじさんだったのだ。
　この家も社長の持ち物らしいから、丁寧に対応しないといけない。
「なんだか最近、春にしては暑いくらいよね」
「そうですね」
「このまま夏になっちゃうのかしら」
　おどけて言うおばさんに作り笑顔で答えるけれど、やっぱり早く家に入りたかった。
　社長夫妻はとてもいい人たちだけれど、なんとなく苦手。
　お父さんの仕事関係の人だと知ってから、特にそうだ。
　なのに、おばさんはいつも玄関のあたりで掃除をしているから、こうして愛想笑いをするしかないわけで。
「そういえば」

適当なところで切りあげようと考えていると、宙を見上げておばさんは口にした。
「結愛ちゃん、今年の秋祭りで『しるし』をもらうのよね？」
「え？」
　聞き返す私に、おばさんはほうきをマイクのように両手で握ってニコニコしている。
　今日初めて聞いたことを、なんで知っているの？
　疑問が顔に浮かんでいたのだろう。
「本堂のなかで宮司さんとお話していたじゃない。あのとき、ちょうどお参りに行ってたのよ」
　そう言ってから、おばさんは首をかしげた。
「声は聞こえなかったけれど、あれって、『しるし』をもらうための課題の説明じゃないの？」
「……いえ、村のことを教えてもらっていただけです」
　だめ、と思っても声のトーンがさがってしまう。
「でも、"しるし"はもらうんでしょう？」
　当然のように言うおばさんに、保留にしたことを伝えておくべきかも。
「……それはまだ」
「やらなきゃだめよ」
　かぶせてきた声色が急に変わったような気がした。
　温度のない平坦な声に驚き顔をあげるが、おばさんの顔にはあいかわらず笑顔が貼りついている。
「ああ、もちろん結愛ちゃんがその気になればの話だけどね」

「……はい」

 小さく答える私におばさんは、「じゃあまたね」と、家に入っていく。

 集めたごみはそのままに、なんだか逃げ帰ったかのように思えるのは私の思いすごしなのかな……？

 表情や声の急な変化をいちいち気にしている自分がなんだかイヤだった。

 家の戸を開けると、玄関で靴を履いているお父さんに出くわした。

「ただいま」
「お帰り。ちょっと出かけてくる」

 いつにも増して上機嫌なお父さんはラフな服装だ。
「どこに行くの？」

 代わりに靴を脱ぎながら尋ねる。
「社長が一緒に飲もう、って。本当にここはいいところだよな」
「お金、どうすんのよ」

 なにか言わなくちゃ気が済まない性格の私の言葉に、
「もちろん、おごってくれるってさ。居酒屋にいるから」

 と、言うとさっさと出て行ってしまう。

 村に１軒だけある居酒屋に、ここのところ毎日のように行っているみたい。

 いくら社長さんだからって、そんなにおごってくれるものなのかな。

 怪しさを感じていると、戸の向こうから、「お待たせし

ました。さぁ、行きましょう！」なんてお父さんの陽気な声と、「今夜もごちそうしますね」と、隣のおじさん、いや社長の声が聞こえたので、諦めることにした。
　どうやら本当らしい……。
　どっと疲れて、狭い居間に座ってテレビをつけた。
　夕方のニュースが流れていて、リポーターがおしゃれなお店でオムライスをほおばっていた。
　背後に見える街も、華やかで活気があってキラキラしている。
　あのころはすぐ近くにあった世界なのに、今ではもう異世界での出来事みたい。
「いいなぁ……」
　古ぼけたテーブルにひじをついてぼんやり眺めた。
　そんなお店、この村にはないから。
　バタバタと羽ばたくような音に、テレビの映像がぐにゃりとゆがんだ。
　窓の外を見ると、ヘリコプターが屋上から浮かんでいる。
　無線の電波とかの関係でゆがむのだろうか。
　荷物をおろし終わったらしく、これから戻ってゆくのだろう。
　私も連れて行ってほしい。
　ここはたしかにいいところなのかもしれない。
　借金取りにからまれることもないし、学校にまた通えていることにも不満はないし。
　けれど"しるし"の話や親切すぎる隣人など、なんとな

く私の好きな世界とは違う気がするんだよね……。
　一瞬だけど、「逃げようか」という考えが浮かんでしまい、ぶんぶんと首を横に振った。
　なに考えてるんだか、どうやってひとりでこんな山奥から逃げるのよ。
「早くお母さん迎えに来ないかな」
　ほんやりつぶやいて暮れてゆく空を眺めているとき、ふと誰かの視線を感じた。
　一瞬だったけれど、ゾクッとするような感覚がたしかにあった。
　おそるおそる窓の外を確認するけれど、暮れゆく道には誰の姿もなかった。
　隣のおばさんがのぞいていたのかも……。
　そんなことを考えながらカーテンを閉めると、なんだかほっとした気分になった。
　暗い部屋が落ち着くのは、ここに来るまでずっとそうして過ごしていたからかも。
　電気もつけずに、光るテレビの前にまた座る。
　ふと、大和の顔が浮かんだ。
　少しずつだけれど会話が増えていて、それがなんだかうれしい。
　男子がひとりしかいないのもあるけれど、客観的に見ても大和はイケメンの部類に入るだろうから。
「同じなのかな……」
　つぶやく声は自分への質問。

第一章 『とある、閉ざされた村で』

　大和も私と同じように、なにかから逃げてこの村にきたのだろうか？
　いつか、そんな話ができるくらい仲良くなれればいいのにな……。

　──ブーッ。
　突然、部屋に音が鳴り響いた。
「ひゃっ」
　思わず悲鳴をあげて、呼吸を止めたまま動かずに様子をさぐった。
　なに、この音……。
　だけど、すぐに音の正体が玄関のチャイムであることを思い出した。
　前に住んでいたアパートの軽快な音とは大違い。
　立ち上がってのろのろと玄関に向かう。
　まさか借金取りなわけはないだろうけれど、この家を訪ねてくる人なんていないはずだ。
「……どちらさまですか？」
　薄暗い玄関でそう声に出すが、相手は返事をしない。
　──ブーッ。
　その代わりなのか、もう一度、チャイムを鳴らしてくる。
　どうしようか……。
　万が一にも、借金取りが来たってこともあるだろうし、うかつに開けないほうがいいよね。
　それに、さっき感じた視線も気になる。

私がひとりでいることを確認していたのなら、戸を開けるのは危険だ。
　このまま居留守を使おう、と決心したとたんに気づく。
　しまった、カギをかけていない！
　音を立てないようにカギに手を伸ばしたが、気づくのが遅かったらしい。
　──ガラガラガラ。
　音を立てて戸が開かれてしまった。
「あ……」
　立っていたのは借金取りではなかった。
「なんで？」
　思わず声にしながら、戸の向こうに立っている意外な人を見た。
　それは、鈴木広代だった。
　まだ帰っていなかったのか、制服姿でぼんやりと立っている。
「あの……鈴木さん？」
　初めて広代に声をかけるけれど、聞いているのかいないのかじっと私の足元を見ているだけ。
　開けっぱなしの戸からはまだ小さくヘリコプターの音が聞こえている。
　どうしたんだろう……。
　急に不安がこみあげてくる。
　やがて広代がすっと私の目を見た。
　色白の肌のせいか目が大きく飛び出てくるように思えて

怖くなった。
　沈黙のなか、やがてヘリコプターのエンジン音も消えた。
　広代の唇が小さく動く。
「……げて」
　聞き取れないほどに小さな声。
　はじめて聞く声は、低く暗かった。
「なんて言ったの……ですか？」
　弱気が言葉を敬語にする。
　広代は微動だにせずに、さっきよりも強いまなざしで私をとらえた。
　そして今度は、はっきりと言ったのだ。
「逃げて」
　と。

第二章
『儀式のはじまり』

梅雨のはじまりを告げる雨は、村の景色を灰色に染めている。
　２か月半が過ぎて、ようやくここでの生活にも慣れてきたこのごろ。
　教室の窓から、霧で白くけむる山をぼんやりと見ていた。
　お昼休みももうすぐ終わり。
　前の学校では、にぎやかな笑い声や椅子を動かす音とかがずっと聞こえていたはずの時間。
　今は静かに雨の音だけが耳に届いている。
　教室にいるのは私と大和のふたりだけ。
　亜弥子と雅美は、お弁当を食べ終わるとどこかへ行ってしまった。
　いつも机でじっと前方を見つめている広代の姿も見えない。
「みんなどこに行ったんだろうね」
　机に突っ伏して寝ている大和に声をかけると、「さぁ」というくぐもった声がそっけなく聞こえてくる。
　このごろは大和のキャラにも慣れてきて、ぶっきらぼうな答えにもイヤな気持ちにはならなくなっていた。
　むしろ、もっと話がしたくて声ばかりかけてしまうのは、けっして恋をしているからじゃなく、クラスメイトだから。そう、何回も自分に言い聞かせている。
　商店で買ったパンの残りを食べると、空になったジュースのパックとともにゴミ箱に捨てにいった。
「そういえばさ」

声に振り返ると、さっきと同じ姿勢のまま大和が口にした。
「広代からなんか言われなかった？」
「え？」
　ゴミ箱の横で聞き返すと、ようやく大和はその顔をあげた。
　眠そうなトロンとした目で私の席を見て、それから教壇近くにいる私を確認した。
「いや、けっこう前だけどさ……あいつ、うちにきたんだよ」
　ドキン、と胸が跳ねた。
　あの日、広代が玄関に立っていた記憶がよみがえる。
　すぐに大和のそばに行くと、「うわ」と、驚いた顔をしている。
「それってさ、社会見学の日？」
　しばらく時間をかけてから大和が首をかしげた。
「そうかな……」
「そうだよ、だってうちにも来たから」
「結愛のとこにも？」
　目を丸くした大和に思わず言葉を失った。
　大和に呼び捨てにされた……。
　初めてのことに心臓がバクバクしながらも平気な顔でなんとかうなずく。
　そろそろみんな戻ってくるころかもしれない。
「ヘンなこと言ってなかったか？」
　教室の戸に視線をやった私に、大和が聞くので、小さく

うなずく。
「おかしなことを言ってた。『逃げて』って」
「……同じだ」
　大和が眉をひそめたので、やっとこの話題を話せる人ができたことにうれしくなった。
　少ないクラスメイトのうちの、亜弥子や雅美に話すことは躊躇していたから。
「突然来たんだよね。それで、『逃げて』って言ったかと思ったらすぐに帰っちゃったの」
　あの夕方、広代は意味不明なことを告げるとそのままいなくなったのだ。
「あいつ、どうやって家を知ったんだろうな」
　私もずっとそれが気になっていた。
　狭い村だからいつかはわかっちゃうとは思うけれど、いきなり訪ねてくるなんて不自然だったし。
　でも、学校でそのことについて広代に尋ねるのはためらわれた。
　きっと亜弥子たちの耳にも入ってしまうだろうし。
「本当に逃げたらどうなるのかな」
　冗談かどうかわからない口調の大和に、この間自分が同じことを考えたのを思い出す。
　逃げたならば……どうなるのだろうか？
　そのときだった。
　——ガラッ。
　音とともに戸が開いて広代が戻ってきた。

教室に私と大和しかいないのを確認した彼女は、自分の席へ向かって歩いていく。
　聞くなら今しかない、と思った。
　あれ以来、ずっと気にはなっていたから。
「なぁ」
　私がするより先に、大和が声をかけたので驚いてしまった。
「この間言ってたこと、あれってどういう意味？」
　私も広代を見たまま、彼女の答えを待った。
　自分の席の前まできていた広代は、椅子を引いたところで止まっている。
「『逃げて』って言ってたろ」
　言葉を重ねる大和に、広代はゆっくり体ごとこっちに向けた。
　まるでスローモーションのような動きをして静止すると、広代は「そのまま」と、ボソッと言葉を落とした。
　今日も小さな声だったけれど、聞きとれた。
「そのままって？」
　倍くらいのボリュームの声で聞く大和は、いじわるとかじゃなく、純粋に尋ねているみたい。
　宙をぼんやりと見ていた広代はやがて、小さくため息をついた。
「逃げたほうがいい、ってこと」
　しん、とした空間にまた雨の音が主張した。
「んなこと言われても……なぁ」

大和が私を見たので軽く首を縦に振る。
　だってそもそもこの村には来たくて来たわけじゃない。
　他に行く場所がなくて、来るしかなかったのだから。
　しかし広代はゆっくりと首を振った。
「あなたたちは、この村に来てはいけなかった」
「だけどさ——」
「まだ間に合う。だから、逃げて」
　——ガラララ。
　最後の言葉に重なる戸を引く音。
　笑い声をあげながら亜弥子と雅美が教室に入ってくると、もう広代はなにもなかったかのように席に着いた。
「どうしたのー？」
　雅美が元気よく聞いてくるので私はあいまいにほほ笑んだ。
　どうしたのか、私が聞きたいくらい。
　だけど、悲愴にも思える広代の言葉が、止まない雨のようにずっと心に降り続いていた。

　それは、梅雨の合間の晴れた空が広がる火曜日。
　お昼休みになったとたん、亜弥子が長い髪をなびかせてやってきた。
「今日は晴れてるね」
　横にある窓からの空を見て言う亜弥子につられて、風の強い外の景色に目をやった。
「珍しいよね。もうすぐ７月だし季節的には夏なのかな」

「最近なにかあった？」
　答えた私に、亜弥子が軽い口調で聞いていた。
「なにかって、おもしろいこと？」
「そうじゃなくってさ、なにかイヤなことなかった？」
　軽く唇をあげた亜弥子は、急に私に顔を近づけて言った。
「広代になにか言われたの？」
「え？」
　とっさのことでぽかんと顔を見ると、歯を見せて笑いながら亜弥子が首をかしげている。
「言われたんだね？」
　さりげなくあたりに目をやると、広代はトイレに行っているらしく姿が見えなかった。
　雅美と大和は黒板を消している。
　どうしよう……。
　だけど、ウソをつく理由は見つからなかった。
「うん。ずいぶん前のことだけどね」
「『逃げて』って言われたのでしょう？」
　どうして知っているのだろう？
　それに、わかっているならなぜ確認してくるの？
　意図がわからずにとまどいながらうなずく。
「そっか」
　すると、困ったな、という顔をした亜弥子がまた顔を寄せてきた。
「気づいていると思うけれど、あの子、変わってるのよ」
「あ、うん……」

「だからなにか言われても気にしないでね」
　優しい声でそう言うと、亜弥子は笑顔を残して教室から出ていってしまった。
　気がつくと雅美の姿もなかった。
　正直に言ってしまって大丈夫だったのかな……。
　チョークの粉をはたいている大和に声をかけると「ん？」と、こっちを見ようともせずに答える。
「今の、聞いてた？」
「聞いてない」
　そっけない返事にもめげずに腰をあげた。
「亜弥子がね、あの子に言われたことを知っていたんだよ」
「あの子？」
「鈴木さん」
「誰、それ」
　本当にわからないらしく首をかしげている。
「だから、広代のこと」
　そこまで言うとようやく思い当たったらしく、「あいつか」と、大和が苦い顔をした。
「『逃げて』って言ったことまで知っていたんだよ」
「ふうん」
「大和が言ったの？」
　問いかけに大和はますます顔をしかめた。
「俺はそんなに口は軽くない」
「気にしないでって言ってた。それって、どういうことだろう」

すると、大和は私を見たかと思うと、肩をすくめる。
「そのまんまじゃね？　気にすることないってことだろ」
　そんな単純なもののかな。
「でも」
「手、洗ってくる」
　立ち上がった大和が「そうだ」とつぶやいた。
「例の課題、どうする？　ほら、"しるし"をもらうってやつ」
「ああ……」
　そういえば保留にしたままだったっけ。
　あのころはまだ、村に来て間もなかったから即答できなかったけれど、今も気持ちは決まっていない。
　できれば断りたいけれど、自ら村の風習を守らないのも気が引けることはたしか。
「大和はどうするつもり？」
　決定権をパスする私って少しずるいな、と反省しながらも聞いてみる。
　大和は少し伸びてきた前髪を触りながら、鼻から息を吐いた。
「俺は、べつに受けてもいいって思ってる」
「そうなんだ」
「簡単そうだったし、ひとりでやるわけじゃないからな」
　……ひとりじゃない。
　胸にキュッと心地いい痛みが生まれ、それがじわっと広がっていく。

「だよね。じゃあ私も受ける」
　うなずいた私に、大和はニッと笑顔で返事をすると教室から出ていった。
　急にがらんとした教室にいると、心細くて不安になる。
　なんだか、イヤだな……。
　そのとき初めて、私は自分がこの村に少し違和感を覚えていることに気づいた。
　それは、ささいなことの積み重ねだろうけれど、どうもしっくりこない出来事が増えているような気がする。
　例えば広代、例えば"しるし"、それに隣のおばさんのこと。「え？」と、思うことが増えてゆく感じ。
　しばらく待っても誰も戻ってこないので、トイレに行くことにした。
　廊下の木目を鳴らしながら、奥にあるトイレに向かう。
　上の階からは小学部のにぎやかな声が聞こえてくる。
　楽しそうな笑い声が、重い気持ちを少しラクにしてくれるよう。
「転校生だし、仕方ないよね」
　この村にはこの村の風習や考えかたがあるのだろうし、これまでの自分の生活と比べてもしょうがない。
　あまり深く考えないようにしなくっちゃ……。
　トイレの戸を開けようと手を伸ばすと、勢いよく先に戸が開いて誰かが私にぶつかってきた。
「うわあ」
　大きな声をあげたのは雅美だった。

「声を出したいのはこっちだよ」
　よろけた体勢をもどしながら文句を言うと、小さな目を丸くしていた雅美が、キャハハと笑った。
「そうだよね。ごめんねぇ」
　その後ろから、「ほんとせっかちねぇ」と、苦笑した亜弥子が姿を現して私の腕を取った。
「そろそろチャイム鳴っちゃうよ？」
　甘えた声で言う亜弥子に、さっき覚えた違和感がまたムクムクと湧きあがる。
「そうだよ。戻らなきゃ」
　肩を抱いてくる雅美。
「あ、あの」
「そうだ。結愛におもしろい本持ってきたんだよ」
　亜弥子が腕を引っ張る。
　その痛いほどの力に、私は思わず手で払いのけてしまった。
「結愛？」
　きょとんとした亜弥子に、青ざめた。
「あ、ごめん……。先、戻っててくれる？」
「なんで？」
　横から言う雅美の声がいつもより低く、急に場の空気が重くなったような気がした。
「トイレ行きたくって。ごめんね」
　なにに謝っているのかもわからずに口にすると、亜弥子は小さく息を吐いた。

「ううん。私たちこそごめん。先に戻ってるね。雅美、行こう」

　背を向けて歩きだした亜弥子に雅美も従う。

　だけど、私はそこから動けなかった。

　去っていくふたりを見ながら、体温が下がっていくような感覚があった。

　亜弥子が背を向ける瞬間の顔。

　それが、無表情なお面を貼りつけたようだったから。

　あんな冷たい顔を見たのは、これで２度目だ。

　やはりこの間の表情も、見間違いじゃなかったんだ。

　さっき打ち消した違和感を再び実感しながらトイレの戸を開けた私は、また短い悲鳴を上げた。

「キャッ」

　トイレの奥でゆらりと起き上がった人影が見えたから。

　しかし、それはすぐに広代だとわかった。

「ど、どうしたの？」

　起き上がったってことは、それまで倒れていた、ってこと？

　駆け寄る私に、広代は首を横に振った。

「なんでもない」

「え、でも……」

「ちょっと転んだだけ」

　ぶっきらぼうにつぶやく広代の制服が汚れているのは、薄暗いトイレでもわかった。

　すぐに思考がひとつの考えに落ち着く。

横を通り過ぎた広代が洗面台の蛇口をひねった。
　水の音がうなり声のように響きだす。
「ねぇ、広代。ひょっとして今、あのふたりに……」
　途中でゴクリとつばを飲みこんでしまって、言葉を続けられなかった。
　床に倒れていたってことは、亜弥子や雅美にやられたってこと？
　まさか、あのふたりがそんなことを……？
「あさはかね」
　水で濡らしたハンカチで制服を拭きながら、広代は言った。
「どういう意味？」
「転んだって言ったでしょう？　都会の人って、クラスメイトの言うことも信用できないの？」
「そういうわけじゃないけど……」
　なんで私が責められているわけ？
　心配して聞いているだけなのに、やっぱり広代はどこか普通の人とは違っている。
「じゃあ放っておいて。私のことよりも、あなたは自分の心配をしたほうがいい」
　何度もスカートの汚れを拭きながら広代は言う。
「自分のこと、って……。それって、この間言っていた『逃げて』ってこと？」
「べつに」
「『この村に来てはいけなかった』とも言ってたよね？　意

味がわからないよ。ちゃんと理由を教えてよ」
　近づく私を見ようともしないで広代はトイレの戸を開けた。
　まぶしい日光が一気に飛びこんできて、広代がシルエットになった。
「理由は言えない。だけど、今ならまだ間に合う。この村から消えたほうがいい」
　背中を向けたまま横顔で言う広代。
「そんなの無理だよ。ひとりでどうやって引っ越しできるのよ」
　教室に戻ってしまったら、もう話ができなくなる。
　必死で追いつこうと歩きだす私。
「じゃあこれだけは約束して。"しるし"をもらうための儀式はしない、って」
　ぴたり、と足が止まった。
「儀式って、課題のことを言ってるの？　それって、村の子供になってはいけないってこと？」
「儀式を断るのが無理ならば、せめて間違った儀式をおこなうの」
「間違った儀式？」
　広代が少しうなずいたように見えた。
「誰も信用しちゃいけないの。儀式を言われたとおりに実行しないで。そうしないと、本当に……」
　最後の言葉は聞こえないまま、目の前で戸が閉ざされた。
　ガタン、という音とともに薄暗い世界に戻る。

今のってどういう意味？
　意味不明な忠告だけど、ひとつだけわかる。
　広代は真剣に言っていたんだ、と。
　今までにこんなにたくさん広代の声を聞いたことはなかったけど、どの言葉にも力が入っていた。
　でもさっき、大和には儀式はやるって言ったばかりだし……。
　混乱の渦に飲みこまれそうな私に、昼休みの終わりを告げるチャイムが聞こえた。

　午後の授業は苦手な数学だった。
　答えがひとつしかない授業は昔から苦手。
　国語なら完全に合わなくてもマルがつくこともあるのにな。
　――キーン、コーン。
　チャイムの音に促され、教科書を出すと教室を見渡した。
　大和は机に上半身を投げ出してだるそうにしている。
　その横の広代は微動だにせずうつむいている。
　汚れを拭ったせいで、制服がところどころ濡れているのが見えた。
　亜弥子と雅美はクスクスと笑いながらなにか話をしている。
　……気が重い。
　さっきの広代はあからさまにおかしかった。
　亜弥子と雅美がなにかをしたのでなければよいのだけれ

ど……。
　こんな人数の少ないクラスでいじめなんてあったら、やっかいすぎる。
「先生遅くない？」
　雅美が誰にともなく声にした。
　たしかに遅い。
　もうとっくに午後の授業が始まってもよさそうなものだけれど……。
　ウワサをすればなんとやら、ようやく教室の戸が開く音がした。
「あれ？」
　入ってきたのは数学の先生ではなく、校長兼担任の先生だ。
　もちろん名前は知っているけれど、あいかわらず私は「校長先生」と呼んでいる。
　でも、なんで校長先生が？
　疑問は、後ろから入ってきた人を見てさらに深まった。
　小柄な女の子が緊張した顔で入ってきたのだ。
　ツインテールのせいか、その顔はとても幼く見える。
　スカーフがピンクのセーラー服姿で、まるでコスプレをしているみたい。
　どこかの学校の制服？
　みんながぽかんとしているなか、校長先生は両手をポンと打った。
「みなさん、今日はうれしいお知らせがあります」

隣の席の亜弥子が私を見て首をかしげたので、同じようにしてみせる。
「急ではありますが、今日から転入生を迎えることとなりました」
　女の子はぺこりと頭を下げると、にっこり笑った。
「初めまして、篠原璃子です。趣味は歌うことです。よろしくお願いしまーす」
　こういうのをアニメ声というのだろうか。
　かわいらしい声色で元気いっぱいという印象だった。
「それじゃあ、すぐに机と椅子を用意しましょう。なんせ急だったから準備ができませんでしたしね。篠原さん、少しお待ちくださいね」
　言い訳がましく校長先生が出ていくと、みんなの視線は否が応でも篠原璃子に集まる。
　篠原璃子はもじもじとそれを上目づかいで見ていたけれど、「璃子ね、みんなのお名前を教えてほしいな」と、アヒル口を作った。
　ああ、私、ちょっと苦手なタイプかもしれない。
　ぶりっこもそうだけれど、自分のことを名前で呼んでいることに抵抗を感じる。
　亜弥子は気にならないのか、笑顔を貼りつけた顔で立ち上がる。
「私は河原亜弥子です。クラス委員をしています」
　その横顔を見て、あの日と同じだな、と自分が転校してきた日のことを思い出した。

あれからもう2か月が過ぎたんだ、となつかしくなった。
　　雅美も元気よく自己紹介し、広代のことは亜弥子が名前を教える。
　　続いて、大和の番。
　　彼はあいかわらずだるそうに、「樋口大和」と言ってから、さすがにそれでは冷たいと思ったのか「よろしく」と、投げやりな感じで付け加えた。
　　最後は私だ。
「樋口くんって変わった名字だね」
　　一応立ち上がろうとしたが、彼女のふたつの目はまだ大和をじっと見ていた。
「そうか？」
「うん。なんだかかっこいいね。名字も名前も」
　　キャッキャッとはしゃぐ璃子を見て思った。
　　……やっぱり苦手なタイプだ。

　　黒板にチョークをすべらせる音が苦手。
　　カツカツ、と打ちつけられる音は黒板を痛めつけているように感じるから。
　　耳につく音は、いつもより大きく聞こえる。
　　さっきから雅美は放課後の教室で皆に背を向けてなにか書いている。
　　こんなに大きな黒板なのに真んなかより下あたりに生まれてゆく小さな文字。
「それでは説明します」

クラス委員らしく、亜弥子が咳ばらいをして両手を前で組む。
　課外授業の生徒は私と大和、そして転入生の璃子。
　璃子の入学から１週間が過ぎ、ようやく慣れてきたので"しるし"についての説明がおこなわれている。
　気づけば、もう７月になっていた。
　最近の私はといえば、知れば知るほど璃子が苦手だということを実感している状況。
　大和にやたらなついていて、わからないことがあると『大和くーん』と甘い声で駆け寄る姿をもう何度も見た。
　亜弥子や雅美は口にはしないけれど、なんとも思っていないのかな……。
　"しるし"の説明をすると言う亜弥子に『大和くんも一緒ならいいよ』なんて言ってたし。
　それにしても新学期からではなく、６月という微妙な時期に転校してきたのはどういう理由なのだろう？
　聞いてみたいけれどプライバシーがあるし、そもそも私にはあまり近寄ってこないし。
　小雨が今日も静かに続いていた。
　予報ではもうすぐ梅雨も終わるらしいけれど、今年はずいぶん長く感じる。
　この地方が山に囲まれていることと関係があるのだろうか。
「村の外から来た人には７月に"しるし"について説明をすることになっています」

改まった口調で亜弥子の説明していく。
　誰も口を挟まないのを確認して、亜弥子は少しほほ笑んだ。
「"しるし"というのは、神様から子供に与えられるとても光栄な資格のことです」
　大和が「子供じゃねーし」と、ボソッと口にしたがスルーされてしまう。
　璃子は大和の発言にすぐに反応する。
「だよね、大和くんは大人だよ。璃子からすればお兄ちゃんみたい」
「はいはい」
　適当に流すことを覚えたらしい大和だけれど、めげずに璃子はぷう、と頬をふくらませている。
　この1週間、何度こういう場面を見たことか。
　そのたびにモヤモヤする気持ちはなんなの？
「先に進むわよ」
　亜弥子の声に、「はーい」と、璃子が元気よく答える声にすらイライラしてしまう。
　落ち着いて、私。
　転校生なんだし、優しくしなくちゃ……。
「その"しるし"をもらうためには、いくつかの儀式をおこなう必要があります」
　亜弥子の声に、意識をそちらに戻す。
　儀式……。
　この間言っていた"課題"という言いかたはしていない。

私と大和が拒否反応を示したので、言いかたを変えたのかも。
"儀式"という単語は、広代が言っていた言葉を思い出させる。
　とはいえ、トイレでの出来事は、なんだか今となっては夢のように思える。
　亜弥子も雅美と普段と変わらないし、広代もあれ以来話しかけても聞こえないフリをしてくる。
　結局は広代の妄想なのかも、と最近は思うようになった。
　やっぱり変わった子だと思うし……。
「儀式の内容がこちらです」
　亜弥子が黒板を見やると、それを書き終えた雅美が自慢げに白い文字を指さしている。
　そこには、きれいとは言えない文字が連ねてある。

【しるしをもらうための儀式】
・祠にお供え物を届ける
・神社を清める
・吊り橋を清める
・神社跡を清める

　じっと文字を読むけれど、意味がわからない。
「えーっ。先生、璃子そのはじめの漢字読めないよぉ」
　指を思いっきり伸ばして黒板をさす璃子に、大和が「俺も」と同意した。

意識せず、こめかみがピクッと反応してしまう私。
　いったいどうしちゃったの？
　モヤモヤとイライラに感情を支配されそうで、首をぶんぶんと振って追い出す。
　大和と同じ漢字が読めないことで璃子のテンションは上がり、「ねーっ」と、うれしそうに高い声ではしゃいだ。
　大和は無視をすることに決めているらしく、そのまま黒板を見ていた。
「ああ、最初の儀式ですね」
　先生になりきっているのか、亜弥子はあいづちを打った。
「これは、『ほこらにおそなえものをとどける』と書いてあります」
「ほこら……？」
　首をかしげた璃子は人差し指を口元に当てている。
　こういうしぐさがさまになっているのがまた私のイラだちを助長させる。
　いけない、今は説明に集中しなくちゃ。
　いちいち見るから気になるんだから、もう前だけ見よう。
　黒板に書かれた『祠(ほこら)』の文字を眺めた。
　祠って、神様を祭るための小さな建物のことだっけ。
　でもそんなのどこにあるんだろう？
　疑問が顔に浮かんでいたのに気づいたのか、亜弥子が、「大丈夫」と、私に向かって言った。
「どれも簡単なことばかり。夏休みになったら毎週金曜日にひとつずつ課題……儀式をこなしていきましょう。秋祭

りまでには余裕で間に合うはずだから」
「うん……」
　この間、大和には「私も受ける」と言ってしまったけれど、前向きな気分になれないのは、やっぱり広代に言われたことが気になっているから。
「しようよ」
　煮え切らない私に、そう割りこんできた雅美と目が合う。
「どうせ夏休み、することないじゃん。あたしたちも付き合うからさ」
「めんどくせーけどな」
　と、しかめっつらで言ったのは大和。
　そんな私たちに、亜弥子はあくまで余裕な表情をくずさない。
「この村の秋祭りは本当ににぎやかなの。夜店が立ち並んで、村人全員が集まるのよ。だけど、それに参加できるのは本当の意味での村の人だけ」
「本当の意味？」
　それってどういう意味なんだろう。
　私の疑問には、雅美が答える。
「"しるし"をもらって初めて村の子と認められるんだよ」
「あ、そっか」
　たしかそう言っていたっけ……。
「"しるし"をもらえなかった子供はね、吊り橋の外でお祭りが終わるのを待っていることになっているみたい」
「え、そういうものなの？」

眉をひそめると、前に立つふたりは笑顔で肯定してくる。
　それはイヤだな。
　何時まで続くかわからないお祭りをずっと村の外で待っているなんて。
　しかも、吊り橋の向こう側にある駐車場は夜は暗いだろうし……。
　秋とはいえ、虫でもいたら最悪だ。
　大和と目が合うと、仕方ないよな、と目だけで言っているように見えたのでうなずく。
　大和が私を見てくれた……。
　それだけでさっきまでのモヤモヤがふきとんでしまうかのように思える。それにこの間、大和とやるって決めたわけだし。
「じゃあ……やることにする」
「めんどくさいけどな」
　受け入れることにした私にかぶせて、大和が最後の抵抗のごとく口にした。
　亜弥子と雅美はニッコリ笑って顔を見合わせ、「みんなでがんばろうね！」と、満面の笑顔で言った。
　これで説明は終わるはずだった。
　それなのに、あの女がまた口を開く。
「璃子はね、大和くんがいればがんばれるよ」
　大和をじっと見つめる視線に熱がこもっているのがわかる。
　それを見て口のなかが苦くなるのを感じる。

大和に近寄らないで。
　彼のそばから離れて……。
　そんな考えが私の頭に浮かんだことに唖然としながらも思った。
　ひょっとして……私は璃子に嫉妬をしているの？

　夏休み初日。
　私は神社の前で空を見ていた。
　壁の掲示板には【村祭り９月23日　土曜日】と筆で書かれた紙が貼られている。
　それを眺める村人はみんなニコニコしている。
　よほどこの村にとっては大切な祭りなのだろう。
　あと２か月か……。
　そのためにも今日はがんばらなくちゃならないわけで。
「おす」
　その声に顔をあげると、いつの間にか大和が隣に立っていた。
「おはよ」
　Ｔシャツにジーンズ姿の大和。
　私服を見たのは初めてだったので、なんだかドキッとしてしまう。
　最近少しずつ私におだやかな表情も見せてくれるようになった気がするのは、私の思いすごしかな。
　ますますかっこよく見えてしまうのは、クラスにたったひとりしかいない男子だからだよね。

「おはよ、ってもう昼過ぎてるし」
　口数も増えた大和に、「はは、そうだよね」乾いた笑い声を向けながら、必死で自分の気持ちを否定している私。
　こういう時間が続けばいいな。
　それならこの村にいるのもあんがい悪くないのかもしれない。
　……あ、そういえば。
　前に広代から言われたことを、まだ大和に伝えていなかったんだ。
　辺りを見回すと、まだ誰の姿も見えない。
　私は、この間広代が言っていた『間違った儀式をする』という助言を手短に伝えた。
　聞き終わった大和は少し考え込むような顔をしていたが、「意味わかんねーな」と、肩をすくめた。
　それには、私も同感。
「つまり、広代は——」
　言いかけたところに、パタパタと足音がした。
「あ、いたたぁー」
　甘ったるい声が聞こえて、璃子の登場を知る。
　白いつばのついた帽子に白いワンピース、花のワンポイントがついたサンダルという姿の璃子は、大和だけにほほ笑んでいる。
　私のことなんて見えていないみたいに。
　璃子の視線の先にはいつだって彼がいる。
「おう」

気軽に答えている大和を見て、心のなかでため息をつく。
　璃子のせいで、余計な感情を大和に抱いてしまいそう。
　競(きそ)っているわけじゃないのに、まるで璃子は私に当てつけてくるようでイヤになる。
　これって考えすぎなのかな。
「璃子、こんにちは」
　なんとか笑顔を作って声をかけると、「結愛だぁ。あはは、気づかなかったよ。璃子ってぼんやりしてるから」と、初めて私に気づいたように、聞いてもいないドジッ子ぶりを披露されてしまう。
　なんで大和は優しい表情なの？
　璃子のこと、本当は気に入っているの？
　璃子といると自分の感情が乱されることばかりで、苦手意識は初めて会った日から変わらず……いや、大きくなってゆくよう。
　落ち着け、私。
「お、来たねぇ」
　自分に言い聞かせていると、神社のなかから雅美がやって来た。
　後ろにはいつものように亜弥子もいる。
　ジャージ姿の雅美は寝起き、って感じ。
　亜弥子は日傘をさしていてセレブっぽく、いつもより大人びて見えた。
　敷地に入った私たちは、雅美の先導でこの間おじゃました本堂に入る。

畳に座ると、しばらくして雅美のお父さんが現れた。
「よく来てくださいました」
　ほほ笑んでお辞儀をしたお父さんが中央に立つ。
　引き締めた表情から厳粛（げんしゅく）な空気を感じた。
　祭壇（さいだん）に向かって手を２回叩いてから、丁寧に頭を下げるお父さん。
　戸から巫女（みこ）の格好をした女性がなにかを持って現れた。
　木でできた台の上に、３本の大きな葉っぱのようなものが載っている。
「では、これよりお清めをおこないます」
　お父さんの言葉に、「お清め？」と、雅美に小声で尋ねる。
「これから儀式をおこなうでしょう？　それが無事に済むようにお祈りしてもらうの」
「へぇ」
「お清めをしたあと、お供えをするのが最初の儀式。次回からは、いろんな建物を清めていくわけ」
　目線はまっすぐ前を見たままの雅美も同じように緊張している顔をしていた。
　これはふざけている場合じゃないのかもしれない。
　砂利を踏み鳴らす音に振り返ると、格子越しに見える明るい境内から、たくさんの村人がこっちを眺めていた。
　さっきまではこんなに人はいなかったはずなのに……。
　たくさんの目が同じようにニコニコと目尻をさげている。
　まるでみんなが私を見ているような気がして前に向き

直った。
　なんだか緊張する。
　反対側に座っている大和を見ると、彼は大きなあくびをしていた。
　動じない姿に、なんだか少しだけ緊張を解いてもらったような気がした。
　そして、あいかわらずその隣を陣取っているのは璃子。
「ワクワクするね」
　はしゃぐ姿を見て、そっと息を吐く。
　……いなくなればいいのに。
　ついそんなことを思ってしまう自分に驚いた。
　なに考えているの？
　せっかくできたクラスメイトなのに。
　それに私は大和に対して恋心なんて抱いていないはず。
　璃子が大和をどう思おうと関係ないでしょう？
　だけど、自分への問いに答えは返ってこなかった。
　あるのは、小さく生まれた大和への気持ち。
　いや、ずっと前からあったのかもしれない。
　知らなかったけれど、恋ってもっと楽しいものだと思っていたよ。
　……こんなに、苦しいものなんだね。
　認めたくない気持ちを振り切るかのように、私は姿勢を正して前を向いて集中した。

　お清め、と呼ばれるものは意外にも早く終わった。

神様を信仰したことのない私には不思議な光景だった。
　一心不乱に祈る雅美のお父さんは、なんだかテレビ番組で見る、霊に乗り移られた人みたいに見えた。
「神様にお祈りしているんだよ」
　雅美が小声で教えてくれたけれど、非日常な光景にそこから目を逸らせない。
　体を前に折りながら祈りの言葉を出し続けていた雅美のお父さんは、やがてぴたりとその動きを止めたかと思うと、２回深くお辞儀をした。
　息を整えながら、私たちに向き直る。
「ありがとうございました」
　お礼を言う亜弥子と雅美の目が、まるで崇拝しているかのように見え、少し怖くなる。
　ようやく表情のゆるんだお父さんが私と大和と璃子の前に正座したころには、巫女の姿も村人もいなくなっていた。
「これからやっていただくのは、祠へのお供え物を届けることです」
　そう言って差し出されたのは、さっき巫女が持っていた台にあった葉っぱ。
　１本ずつ受け取ると、それには太い茎に大きな葉っぱが１枚ついていた。
「これを祠にいる神様に届けていただきます」
　雅美のお父さんの説明に、よくわからないままうなずく。
「それでひとつめの儀式は終わりです。山道ですがそんなに険しくないので大丈夫です」

亜弥子と雅美を見ると、大きくうなずいてくる。
「わかりました」
　なにがわかったのかすらわからないまま首を縦に振る。
　大和は受け取った葉っぱを興味深そうに眺めているだけ。
「璃子、がんばる」
　葉っぱを傘のようにさしながら言った璃子。
　ふと、そのとき広代が言っていた言葉が頭に浮かんだ。
　彼女は言っていた。
　儀式をやってはいけない、と。
　もしやるのならば『間違った儀式』をやるように、とも。
　それって、この儀式で言うとどういうことになるんだろう？　間違った儀式は普通に解釈すると、『間違った方法で儀式をおこなう』という意味になるだろう。
　届けるだけの儀式ならば、あえて違う方法をするのも難しそう。
　亜弥子や雅美もついてくるのならば、見張られているわけだし。
　そこまで考えて、ふと気づいた。
　私、なんで広代の言うことを信じようとしているの？　ここはただ田舎というだけで、逃げる理由なんて見当たらないのに。
　思考を振りきるように外に出ると、さっきよりも暑くなった境内(けいだい)に白い砂利が光っていた。
　夏休み初日に儀式なんて……と、ふと冷静になる。

これまでの生活なら考えられないよね。
　　去年の夏休みは電車に乗って友達と洋服を買いに行ったっけ。
　　ショーウインドウに飾られている洋服に一目ぼれしたものの、すぐに値段の高さにガッカリしたことを覚えている。
　　それが１年後の今は、神様にお届け物をしているなんて。
　　先を行く亜弥子たちのあとに続きながら、すぅっと冷めていく思考。
「なんかさ、バカみたいじゃね？」
　　いつの間にか隣を歩いていた大和が、そう言って私を見た。
　　ドキン、と胸が躍った。
　　また考えを読まれたよう。
　　ううん、同じことを考えていた、ってことなのかも。
「だよね」
　　あいまいにうなずくと、大和は持っている葉っぱをひらひらと振って見せた。
「こんなのお供えされて、神様もうれしいのかね」
　　その言い方に思わず笑ってしまった。
「だけどさ、広代の話はどうする？」
「ああ、あれか」
　　肩をすくめた大和が少し顔を近づけた。
「まぁ、これだけ監視されてるならやるしかないよな。残りの儀式で考えてみようぜ」
「だね」

「広代の言うことも信用できるかどうかもわかんねぇしな」
「うん」
　ただ、単純にうれしかった。
　大和と私は似ている。
　同じようなことを思って、私の気持ちを代弁してくれる言葉をくれる。
　私、ひょっとしたら本当に大和に恋を……。
「大和くぅん、なんの話をしているのかな？」
　当たり前のように大和の腕を取った璃子に、気持ちがストップをかけた。
　……危なかった。
　認めてしまったら絶対に加速してしまうもの。
「なんでもねーよ。暑い」
　ぶっきらぼうに腕を払った大和がずんずん先をゆく。
　私に気をつかってくれたのかな……。
　だとしたらうれしいな。
　抑えようとしても勝手に気持ちは走り出してしまっているみたいだ。
　この気持ちを認めたいような、でも認めるのは怖いような複雑な心境。
　7月も後半に入った今も、お母さんはなかなか生活が安定しないみたいで、引っ越しの予定はない。
　それに……大和と離れたくない気持ちまで生まれてしまっているなんて。
「ねぇ」

仕方なく、という感じで並んだ璃子が私を見た。
「ん？」
「結愛はさ、大和くんが好きなの？」
　不意打ちの言葉だったけれど、そのせいで表情が固まったのはラッキーだった。
　動揺を悟られないように、その目を呆れたふうに見返す。
「直球だね」
　と答えると、「だって、気になるんだもん」と、あくまでぶりっ子キャラをくずさずに唇をとがらせている。
　こういう子のほうが、きっとモテるんだろうな。
「こっちだよ」
　先をゆく雅美が手を振っている。
　神社の奥は山につながっていた。
　薄暗い階段が見え、その先にきっと祠があるのだろう。
「はーい」
　答えてから、璃子はまた私を見てくる。
　無言で返事を要求されているのは間違いないらしい。
「よくわからないんだよね」
　ウソはキライだから正直に答えた。
「わからないの？」
「そう。こういうの初めてだし」
　すると璃子は、「ふーん」と言ってから私をまっすぐに人差し指でさした。
「璃子は本気だから」
「そうなんだ」

「それに、大和くんも璃子のこと悪くは思ってないよ」
　自信があるように顎をあげて言う璃子が、なんだかかわいらしく思えた。
　思わず笑みがこぼれてしまう。
「そっか」
「そっか、ってそれだけ？　結愛は本気じゃないってこと？」
　とがめるような言い方は、まるで張り合いたいみたいに聞こえる。
「ほんとによくわからないの。これが正直な気持ちだよ」
　だから、あまり璃子を意識せずに大和と関わっていきたい。
　そのなかできっと自分の本当の気持ちに気づくはずだから。
「璃子は負けないんだから」
「はいはい」
　苦笑する私が気に入らなかったのか、「絶対負けないんだから」と言い捨てると、小走りになって先を急ぐ。
　なんだか年下みたいに思える。
　ひょっとしたら璃子も、こういう感情は初めてのことなのかも。
　苦手な人でも深く知っていけば、少しずつ自分で作り上げた壁を崩してゆけるのかも。
　璃子は走りながら振り向くと、「祠まで競走だからね！」なんて言ってる。

「ちょっと、それずるいじゃん！」
 文句を言いながらも私も笑顔で答えた。
 こういうのライバル、って言うのかな。
 自分をごまかさずに、今を楽しんでみるのも悪くないかもしれない。
 私も、走ろう。

「もうだめ……」
 階段の途中で璃子はへばっていた。
「まだ半分ものぼってないじゃない」
 先を見上げると、左右を木におおわれた薄暗い景色の奥に青空が小さく見えている。
「璃子ははしゃぎすぎ」
 亜弥子が呆れた声で言うと先をのぼってゆく。
「ふえーん」
 こういうときでもかわいいキャラを忘れないのは立派。
「ほら、行くよ」
 促しながらも雅美は先へ。
 なんだかやっぱりふたりも璃子をこころよく思っていないのかも。
 さっきまで自分も同じ感情を抱いていたはずなのに、なんだか璃子があわれに思えた。
「……足、痛いよぉ」
 泣きそうになっている璃子にようやく追いついた大和が、「サンダルなんかで来るからだろ」と冷たく言う。

いいぞ、もっと言っちゃって。
なんて思う私は、恋のせいで性格が悪くなっちゃったのかな。
「だって、これかわいいんだもん」
「そうか？」
　足元をのぞきこんだ大和が、「赤くなってるな」と、璃子の足首に触れた。
「痛いよお」
「しょうがねーな」
　大和が璃子の手をとると、その手をぎゅっと握って起き上がらせた。
「つかまれ」
「うん」
　抱きかかえられるように階段を一段ずつのぼってゆく璃子の背中を見送ってもなお、私は動けないままだった。
　チラッと振り返った璃子が意味ありげに笑った。
　……卑怯すぎる。
　やっぱり私は璃子が苦手だ。
　さっきまでのほんわかした気持ちを返してほしいくらい。
　私は手に持った葉っぱを握りしめると、ふたりを速足で追い抜いた。

祠は洞窟のなかにあった。
　照明がいくつかついていたけれど、足元はおぼつかな

かった。
　教室くらいの広さだろうか、岩肌に囲まれた洞窟は外の光を遮断し、その先に小さな祭壇らしきものがある。
　頼りない照明のせいか、古ぼけていて少し怖い印象だ。
「ここにお供えするの？」
　私の声に、「そうだよ」と元気に答えた雅美の声が、うわあんと反射した。
　ようやく追いついた大和と璃子が入って来た。
　黒いシルエットの大和の息が上がっている。
「じゃあ３人で私の言うとおりにお供えしてね」
　亜弥子の声を合図に、私たちは祭壇の前にしゃがんだ。
　座るときに、またしても璃子が、「いたたた」と顔をしかめるので大和が支えてあげている。
　今、璃子はニヤリと笑っているに違いない。
　ここまでくると、もう笑うしかない。
　私は私なりにやっていこう。
　座った私たちはお互いに顔を見合わせた。
　けれど、照明は薄暗くて不安さが増すだけ。
　亜弥子がすぐ後ろに立っているので、広代のアドバイスはひとまず置いておくことにして、亜弥子の言うとおり動くことにする。
「じゃあ、２回手を合わせて」
　言われたとおりに両手を合わせた。
　雰囲気がそうさせているのか、不思議と神妙な気持ちになるから不思議。

「お辞儀を２回」
　壁に当たって響く声に促され、ゆっくり頭を垂れた。
　最後に祭壇らしき場所にそれぞれに葉っぱを置いてから立ち上がる。
　そのとき、私の目がなにかをとらえた。
「あれ？」
　足を進めると、祭壇の後ろに古ぼけた扉があった。
「どうしたの？」
　亜弥子が私の肩に触れた。
「あ、うん。こんなところに扉があるよ」
「そこは触らないほうがいいよ」
　取っ手に指先を伸ばそうとした腕を、亜弥子がつかんだかと思うと、私の前に回りこんだ。
「これってどこに続いているの？」
「知らない。それより早く出よう」
　なにげなく聞いただけなのに、なぜか私の腕を半ば強引に引いて歩きだす。
　亜弥子の提案を断る理由はなかった。
　だけど、また違和感がひとつ貯金されたよう。
　あせっているような言い方は彼女らしくない、と思った。
　外に出ると、まぶしさにめまいのようなものが押しよせた。
「おっと」
　とっさに大和が支えてくれた。
「あ、ごめん」

「ああ」
　短い言葉を言ってさっさと階段を下りてゆく大和。
　胸が、痛い。
　ああ、私はやっぱり恋をしているんだ。
　何度否定しても一緒だよ。
　結局はこの結論になるのだから。
「大和くん待ってぇ」
　わざとらしく足をひきずる璃子は、一生懸命階段を下りている。
　それを見ていた亜弥子と雅美が私の肩に手を置いた。
「いいから、行こう」
「あ、うん」
　うなずくと、私もそれに続く。
　誰も助けてくれない、と知ったらしい璃子は、「どいてよね」なんて言いながら私を追い抜くと、大股でスタスタと歩いていく。
　まったく足の痛みはないようだ。
「なによあれ」
　亜弥子がつぶやく。
　けして友好的とは言えない口調だった。
　自分でもキツイ言いかたに気づいたのか、「次の儀式は来週の今日ね」そうごまかすように亜弥子は続けた。
「そうなの？」
「うん。金曜日にしか儀式はできないの」
「そういえば、説明でそう言ってたね」

曜日もきっと儀式的に意味があるんだろうな、と漠然と思いながら先を行く大和を見た。
　来週まで会えないんだね。
　夏休みじゃなければ、理由がなくても顔を見られたのにな。
　長い１週間を思うと、少しさみしくなった。

　神社の前でみんなと別れると、さみしさは入道雲のように成長していった。
　せっかく友達と一緒にいるのに、気になるのは大和のことばかりなんて、私だって璃子と同じくらいひどい人間かもしれない。
　元気よく手を振ってから歩きだした道は、夕暮れ模様。
　家を通り過ぎて、いつもの商店に寄るとお弁当を買った。
　今夜もどうせひとりだろうから。
「結愛ちゃん」
　レジでお金を払っていると、社長が缶ビールを片手に立っていた。
　隣の家のおじさん兼お父さんの雇い主だ。
　大柄で大きなお腹、髪はすっかり寂しい感じだけれど、日焼けしていてたくましく見える。
「いつもお世話になっています」
「いやいやこちらこそ、お父さんにはお世話になりっぱなしだよ」
　家が隣なのに先に店を出るのもためらわれて、入り口で

社長を待つことにした。
「お待たせ」
　約束したわけでもないのにそう言うと、社長はさっそく買ったばかりのビールのプルトップを引いて飲みだす。
　お父さんと同じで、そうとうな酒好きなのだろう。
「あー、うまいなぁ」
　CMみたいに大げさにうなる社長に並んで歩きだす。
「この村の生活には慣れたかな？」
　体格の大きさとは反対に細い目の社長は、笑うと顔に線が浮かんだみたいになる。
「はい。社長さんには仕事や家までお世話になって本当にありがとうございます」
「いやいや、人手が足りなかったから本当に助かっているよ」
　ゴクゴクと喉を動かして社長は水のようにビールをあおっている。
「でも、大丈夫ですか？」
　私の問いに、社長は「ん？」と、こっちを見た。
「その……いつも父を飲みに誘ってくれているじゃないですか」
　気分を害さないように言葉を選びながら言った。
　近ごろのお父さんは、今までにも増して夜に家を空けることが多くなった。
「居酒屋のこと？　大丈夫、おじさんこう見えてもお金には困っていないから」

いくつも畑を持っているらしいので、言っているとおりなのだろう。
「でも、最近父は仕事に遅刻していませんか？」
　夜中まで飲んでいるらしく、私の起きている時間には帰ってこないことが増えていた。
　朝だって爆睡していて起きないことが多くなっていたし、今朝も10時過ぎにようやく出かけていった。
　もしもクビになったら、それこそ広代の言うようにこの村から出ていかなくてはならなくなる。
「仕事で迷惑をかけていませんか？」
「いや、ぜんぜん。朝は出勤を遅くしているから大丈夫だよ」
　あいかわらず目がカーブを描いている社長はそう言ったかと思うと、「それにね」と、いたずらっぽく私を見た。
「僕は感謝しているんだよ。一緒にお酒を飲める友人が見つかったんだから」
　それが本当にうれしそうな言いかただったので、ようやく私も安心できた。
「父のこと、よろしくお願いします」
　頭をさげると、視線の先にある社長の足が止まるのが見えた。
　同じようにお辞儀をしてくれているのかと思って顔をあげると、なぜか社長は道の向こうをじっと見つめていた。
　その表情から、さっきまでの笑顔は消えている。
　不思議に思って視線の先をたどると、見たことのない女性が歩いてきているのが見えた。

黒いワンピースに黒い靴。

　まるでカラスみたい。

「あいつ……」

　低い声にギョッとした。

　こんな不機嫌な声を聞いたのは初めてだった。

　女性は近づくにつれて細い体だとわかった。年齢は40歳くらいだろうか。

　化粧っ気もなく、乱れた髪はそのままにふらふらと歩いていて、酔っぱらっているみたいに見える。

「すまんが、ここで失礼するよ」

「え?」

　横を見たときにはもう社長は来た道を引き返している。

　大股で歩いていく背中はすぐに角で曲がって見えなくなった。

　家とは逆の方向なのに……。

　まぁ、あのまま一緒に歩いても話題も見つからないだろうし、結果オーライだよね。

　帰ろう。

　体の向きを変えた私のすぐ目の前にさっきの女性が立っていた。

　悲鳴をあげることもできず、飛び上がるほど驚いてしまった。

　至近距離で視線を宙にさまよわせている女性は、まるで夢遊病みたいに揺れている。

「あ……」

声が出ない。
　身の危険を感じてあとずさりする私に、女性はつぶやくような声でなにか言った。
「え？」
　放っておいて逃げてしまえばいいのに、聞き返す私はなにをやっているんだろう。
　早く離れなくちゃ。
　まだドキドキしている胸を押さえて、それでも足が動かない。
　女性はブツブツとなにか言っていたかと思うと、今度ははっきりした声で、「返して」と口にした。
「な、なにをですか？」
「裕一……。裕一を、返して」
　聞いたことのない名前だ。
　私がなにかしたと思っているのならば勘違いでしかない。
「それ、誰ですか？　私、まだここに引っ越して来て半年も──」
　言いかけた私に、初めて女性が私を見たかと思うと「あなた、ここ、の、人じゃない、の？」と、目を見開いた。
「はい。あの、転校を……」
　説明しようとしたとたん、ガシッと両手で私の肩をつかんできた。
「ひゃっ！」
「逃げないとっ」

「え?」
　それを言うなら、今この場所から逃げたい。
　だけど、あまりに強くつかまれていて体は微動だにしない。
　華奢な体からは想像がつかないような強い力……。
「ここにいちゃ、だめ、だめなの!」
「……離してください」
　お風呂にも入っていないのか、すごいにおいが鼻についた。
　私の声も届かない様子だ。
「早く逃げて!」
　さらに、つかんだ肩を前後に強く揺さぶってきた。
　声も出せずにされるがままで視界がめちゃくちゃに荒れる。
　怖い。怖い、怖い!
「早く逃げないと、あなたも裕一と同じように」
「やめてください!」
　とっさに払いのけた手が女性の頬に当たった。
　——パシン。
　乾いた音とともに女性は地面にすべるように倒れた。
「あ……ごめんなさい」
　無意識に起こそうと伸ばした手を、ガシッと女性はつかんだ。
「早く、早く……」
　綱引きのようにたぐり寄せようとしてくる。

ギリギリと締めつけられる手に痛みが走った。
　この人、狂っている。
　ようやくその結論に至った私は、思いっきり手を引き離すと、今度はためらいなく逃げた。
　家に向かってなだらかな坂道を駆け上がる。
　ようやく坂をのぼりきると、息を整えながら振り返る。
　さっきの場所でまだ女性は倒れたままこっちを見ていた。
　こんなに離れてもまだあきらめていないのか、右手をこっちに伸ばしてゆらゆらと前後に振っている。
　「こっちにおいで」と、言っているみたい。
　──ゴクリ。
　飲みこむつばに、流れる汗の暑さよりも寒気がした。
　その背後では夕焼けが赤く燃え続けている。

第三章
『吊り橋のように心は揺れる』

結局、あの女性の姿を見たのはそれっきりだった。
　つかまれて赤くなった手首の痛みが薄れるとともに、女性のことはいつしか気にならなくなっていた。
　人は忘れやすい生き物なのかもしれない。
　それでも、この間までは「もう少しここにいてもいい」なんて思っていたけれど、この村から逃げ出したいという気持ちは募っていた。夏休みで、なかなか大和に会えないからなのかも。
　退屈な毎日に、亜弥子から電話がきたのは木曜日のことだった。
『今から会わない？』
　その誘いは、悩みから逃れるためには最適の提案だった。
「すぐ行くね」
　お父さんはあいかわらず大イビキで寝ている。
　夏休みになってますます出勤時間が遅くなっているようだけれど、大丈夫なのだろうか。
　夜は飲みに出かけ、朝は起きてこないお父さんとまともに会話を交わすことも少なくなっていた。
「行ってきます」
　手早く準備を済ませると家を出た。
　集まった場所は、村役場。
　高台に位置する建物は、正直言って立派とは言えない建物だった。
　昔からあるのだろう、古ぼけた２階建ての簡素な作りの事務所といった感じ。

なかに入って、その思いはさらに強まる。

開けっぱなしの窓からはセミの声がさっきよりも大きく聞こえた。

「いらっしゃい」

出迎えてくれた亜弥子は今日もにこやかでホッとした。

前に見た亜弥子の無表情がずっと気になっていたから。

「ここが村役場なんだね。初めて入ったよ」

「今日はお父さん出かけているから」

【会議室】と書かれたドアを開けると、そこには雅美がいた。

宿題を広げている雅美が、「もうやめたー」とペンを放り投げたので笑えた。

「この部屋はクーラー効いているから、結愛もヒマなときはおいでよ」

「え、いいの？」

お茶のペットボトルを渡してくれる亜弥子に、救われた気分になる。

「もちろん。友達でしょう？」

友達……。

当たり前のような言い方に、お腹のあたりがジンとあたたかくなるような喜びを感じた。

たったひと言で悩みも消え失せる。

やっぱりこの村から出る、なんて考えるのはやめよう。なんだかんだ言っても、今はここが私の居場所なんだから。

それに、うちにはクーラーがないから、ここはオアシス

だ。
「ありがとう」
　さっきまで感じていた古さなんてどうでもよくなり、私も椅子に腰かけた。
　私が座ると、ふたりは顔を見合わせてうなずき合い、同じタイミングで顔を向けて来る。
「どうしたの？」
　半笑いで尋ねる私に、亜弥子が口を開いた。
「今日は相談があって、ね？」
　最後の言葉は雅美に確認するように。
「そうなんだよね」
　受け継いだ雅美に、少しイヤな予感がしたけれどクーラーの誘惑が勝った。
「なになに？」
　身を乗り出すと、亜弥子は珍しく迷ったように口を閉ざす。
　どれくらいそうしていたか、やがて「あのね」と話しだす。
「璃子のこと、どう思う？」
「璃子？」
　聞き返したのは考える時間がほしかったから。
　どう思う、ってことは、ふたりはなにか思っているってことだよね……。
　黙っている私に、亜弥子が「ふう」と息を落とした。
「あのさ、こんなこと言うのあれなんだけど……」

「うん」
「少し苦手なんだよね」
　手元のペットボトルに視線を落として言う亜弥子に、雅美は大きく首を縦に振った。
　へぇ……。
　やっぱりふたりとも同じことを思ってたんだ。
　だったら、私も言っていいよね。
「私も……ちょっと苦手、かな」
「だよね！」
　声をあげたのは雅美だった。
「あの子、大和ばっかりにおべっか使ってさ、なんかムカつくんだよ」
　小さな目を見開いて力説してくる雅美に、私も「それわかる」と同意を示した。
　亜弥子は背筋を伸ばしたまま小さくうなずく。
「私はクラス委員だから、みんなと仲良くやっていきたいの」
「うん」
「だけど、なんか難しい」
　困ったような顔の亜弥子。
「女子を敵にまわすタイプなのかもね」
　フォローする私に亜弥子は長いまつげを伏せて悲しく笑った。
「好きなのは仕方ないと思うけど、あまりにも露骨でしょう？」

「だね。挨拶も大和にだけしてるもの」
 話しているうちに私もふたりも力が入ってくるのがわかる。
 同じ気持ちを共有しているならば、感情も強くなるもの。
「でさ……」
「うん」
 雅美が誰もいないのに声を潜めたので、同じように小声で答えた。
「仲間はずれにしちゃわない？」
 ナカマハズレ？
「……え？」
 私の返事が気に食わなかったのか、雅美は眉をひそめた。
 反対している、と思われてはいけない。
 本意ではないにしても、ここは合わせるべきだと判断した。
「でも、どうやって？」
 続けて尋ねる。
「それはね」
 答えるのは亜弥子。
 まるで初めから示し合わせてたみたいに役割分担しながら話が進んでいく。
「次の儀式を違った方法で教えるの」
「どういうこと？」
「明日の儀式が神社のお清めなんだ。まぁ、お清めって言っても単なる掃除のことなんだけど」

「げ、掃除なんだ」
「あれって本当なら右回りに掃除するのよ」
　指で時計の針の動きをまるくテーブルに描く亜弥子。
　なるほど、そういう決まりがあるんだ。
　それにしても夏まっさかりの外で掃除か……。
　表情に出さないようにうんざりしていると、雅美がいたずらを思いついた子供のような目を輝かせた。
「だからさ、それを反対回りにやらせるの」
　だけど、すぐに疑問が浮かぶ。
「でも、私や大和が右回りで掃除してたらバレちゃわない？」
　いくら璃子でもそれくらい気づくだろうし。
「大和のひっつき虫だからね」
　雅美が引きつり笑いで答えた。
「だから、みんなで最初は左回りにやるわけ。で、璃子が帰ったら本当の方向で掃除するの。それなら大丈夫だから」
　亜弥子の提案は的を射ていると認めざるを得ない。
　でも、意外だった。
　雅美はともかく、亜弥子はクラス委員としてそんなことには加担しなさそうだったのに。
　やはりそれくらい、璃子の行動は目についたってことか。
「だけど、大和はどうするの？　そういうのキライそうじゃない？」
　めんどうくさいのは苦手ってことくらい、数か月の付き合いでわかるから。

それに、こういうことをしている私のこと、どう思うのだろう……。
　表情の曇った私に気づいたのか、亜弥子が「大丈夫」と言ってから顔を近づけてくる。
「結愛には迷惑かけないから。言われたとおりにすればいいよ」
「……うん」
　うなずいた私は、ふと気づいた。
「でもさ、違った方法でやらせることが、どうして仲間はずれになるの？」
　あとで「実は逆方向でした」と言っても、だからなに？という感じになるような気がする。
　私の問いには雅美が答える。
「秋祭りに参加できなくなるんだよ」
「あ……」
　そう言えば、"しるし"をもらえない子は村の子供って認められないんだった。
「ってことはさ」
　言いかけた私に、亜弥子がいたずらっぽい笑みを作る。
「空き地で待っているしかないわけ」
「なるほど」
　雅美は笑い声をあげて私を見た。
「これで少しは反省するっしょ」
　それはそれで少しかわいそうな気もする。
　だけど、このままじゃ秋祭りの日にも大和にベッタリ

引っついているだろうし。
　ふたりは私の返事を待つように目をじっと見てくる。
「うん、やろう」
　璃子には悪いけれど、なんだか本当の仲間になれた気がして、うれしかったんだ。

　帰り道は、秘密の約束をしたことで少しワクワクしていた。
　スキップでもしそうになるくらい、亜弥子たちと深い仲になれたことが気持ちを軽くしている。
　商店で買い物をしてから帰り道を歩いていると、ふとこの間の女性のことを思い出した。
　あの女性も『逃げて』と言っていたっけ。
　広代にしてもあの女性にしても、どうしてこの村から追い出すようなことを言うんだろう？
　たしかに、儀式とか少し変わった村だけれど居心地は悪くないのに。
　ふと足を止めたのは、家の前に人の姿があったから。
　近づいてゆくとすぐにわかる。
「……広代？」
　声をかけると、彼女はうつむいていた顔をあげた。
　夏休みだというのに制服姿だったことに違和感を覚えた。
　カンカン照りの日差しに似合わない白い肌の広代。
「少し、話があるの」

そう、あいかわらずの小声でつぶやいた。
「あ、うん」
　なんだろう……。
　買い物袋を持ちなおして次の言葉を待っていると、広代は首をゆるゆると振った。
「最初の儀式は間違えずにやったんだ？」
　広代はそう言ってからため息を落とす。
「うん」
「違う方法でやってってお願いしたよね？」
　とがめるような言いかたに思わずムカッとくる。
「だって、違う方法もわからないし。そもそも、なんでそんなことしなくちゃいけないの？」
「それは言えない」
「理由もわからないお願いを聞け、そういうこと？」
　思わず強い口調になってしまう。
　亜弥子たちと仲良くなったことで、まるで広代が敵みたいに思えてくるのが不思議だった。
　グループに属することで生まれる強さ、なのかな。
　だけど広代は臆する様子もなく、また首を振る。
「清美香子さんに会ったでしょ？」
「誰それ」
　聞いたことのない名前だった。
「中年の女性。清裕一のお母さん」
「あっ……」
　この間会ったヘンな女性のことだ。

ちょうど考えていたところだったから、すぐに顔が浮かんだ。
「会ったよ。すごい怖かった。あの人、誰なの？」
「裕一のお母さん」
「それはもう聞いたよ」
　美香子と呼ばれる女性も、目の前の広代も同じ部類なのかもしれない。
　分類名は、"少しおかしい人"と名付けよう。
「彼女に聞けば全部わかるよ」
「冗談でしょ」
　またあんなふうに肩や手首をつかまれるのはごめんだ。
　それに、どう考えても彼女はまともじゃなかったし。
「聞いたほうがいい。なぜ、この村にいちゃいけないかを」
「広代が教えてくれればいいじゃん」
　そのほうが絶対に早いのに、なんでそんなまわりくどいことをするのだろう？
「言えない」
「なんで？」
「……言ったら、殺される」
　おだやかじゃない言葉に息をのんだ。
　今、『殺される』って言ったの？
　だけど広代はもううつむいて口をぎゅっと閉じている。
「……誰に？」
　絞り出した言葉にすら反応してくれない。
　どれだけ待ってもそれ以上口を割らない広代。

「そもそも、裕一って誰？」
　仕方なく話題を変えてみると、はた目からもわかるくらい広代はビクッと体を震わせた。
「裕一……」
「その人のお母さんがなにか知っているの？　なんだかおかしな人だったよ」
　疑問だらけの話を信じるとでも思っているのだろうか。
　そもそも自分からその名前を出したのに。
　どんどんイライラした感情が大きくなっていく。
「裕一は……友達」
「友達？　だってクラスにいないじゃん。引っ越したの？」
　尋ねる私に、広代は初めて私の目を見た。
　暗く濁った眼に見えた気がして、思わず目を逸らしてしまう。
「裕一は、もう、いない」
「いない？」
「死んだの」
　ゾクリと背中に冷たい感触が走った。
「だから、もう、いない」
　広代の頬に、光るものが見えた。それは、涙だった。
　これは……本当のことを言っているの？
「美香子さんは、吊り橋によくいる」
「吊り橋？」
「話を聞いてみて。お願いだから」
　淡々と言う広代は、もう私とは目を合わせずにぼんやり

と宙に視線をやっている。
　そのときだった、隣の家の玄関が開いていることに気づいたのは。
　ドアの横から私を見ているふたつの瞳があった。
「あら、結愛ちゃん」
　目が合うと、すぐににっこりと笑ったおばさんが手を振って顔を出した。
「あ、どうも……」
　私が答えるのと同時に、広代はきびすを返して速足で去ってゆく。
「ちょっと、広代」
　私の声かけにも振り向くこともせずに、逃げるように。
　おばさんがいつの間にか横に来ていた。
「あの子、鈴木広代さんよね」
「はい」
「近づかないほうがいいわよ」
　そう言ったおばさんの口元はまだ笑っていた。
「でも」
「同じクラスなのでしょう？　あの子、変わっているから」
「そうなんですか？」
　尋ねると、おばさんは「ええ」とうなずく。
「空想の世界で生きているみたいなのよ。お母さまを亡くされてから急にあんなふうになっちゃったの」
　なんて答えていいのかわからずにおばさんの横顔を見た。

「だから、あまり親しくならないほうがいいわ」
　おばさんはまだ笑っていたけれど、その表情に背筋が冷たくなる。
　遠ざかる広代を見るその目。
　それだけが、笑っていなかったから。

　家に入ると、お父さんがリビングで半袖半ズボン姿でぼんやり座っていた。
「仕事は？」
「ああ、結愛か。お帰り」
　けだるく答えるお父さんの顔を見て気づく。
　……ひどい顔。
　頭はボサボサで、目の下にはあれだけ寝ていたのにクマができている。
　それに顔色もすごく悪いし、ヒゲもまばらに生えている。
「具合、悪いの？」
「いや。逆にすごくいいくらい」
　余裕の笑みを浮かべておどけてみせるお父さんだけど、次の瞬間にはまたぼんやりしている。
　スイッチのオンとオフがうまく切り替わっていないよう。
「今日、仕事は？」
　冷蔵庫に食材をしまいながら聞くと、「休み」と口にする。
「休み？　平日だよ、今日」
「なんかさ、今の時期は特にやることないらしい」

あっけらかんと言うのであせってしまう。
「それってクビってこと？」
　村の畑にはトウモロコシが生い茂っているのを見かける。
　夏野菜だってこれから収穫の最盛期を迎えるはずなのに。
　私は、お父さんの前で正座をした。
「んなわけあるかよ。給料はちゃんとくれるらしい」
　お父さんは、そう言うとガハハと笑った。
　そんなおいしい話があるものなの？
　疑問しか浮かばない私。
「社長さんがいい人でなぁ。本当に神様みたいな人だよ。今日も飲みに行こう、ってさ」
　それなのに、うれしそうに目を見開いていてのんきなものだ。
　それにしても、いくらなんでも飲みすぎだろう。
「ねぇ、お父さん。少し飲みすぎだよ。だって、顔色がやばいよ」
「大丈夫。節度は知っている。それに、あの居酒屋の酒がまたうまいんだよ。飲むとどんどん元気になるんだ」
　忠告なんてなんのその、まったく聞く耳持たない様子で言うと、またぼんやりと宙に視線をやる。
　やはりどこか様子がおかしい。言葉とは裏腹に生気が抜けているように見えるのは、私の気にしすぎ？
「元気なように見えないから言っているんだよ」

「大丈夫だって」
「体のこと考えなきゃ」
「大丈夫」
「いくらおごりだからって——」
「うるさい！」
　大きな声が家を震わせたように思えた。
　……びっくりした。
　お父さんに怒鳴られたことなんて今までなかったから。
「あ……すまん」
　我に返ったのか、お父さん自身も驚いたような顔をしている。
「……どうしちゃったの？」
「いや、本当にいいんだ。大丈夫なんだ」
　いたたまれなくなったのか、ふらりと立ち上がる。
「行ってくる」
　そう短い言葉を残して出て行ってしまった。
　本当にどうしたのだろうか？
　静まり返った部屋に、胸騒ぎに似た不安が満ちてゆくような気がした。

「はい、これにて終了！」
　亜弥子の声に、私たちはその場に座りこんだ。
　汗がとめどなく流れてくる。
　神社の掃除は想像以上に大変だった。
　ただでさえ広い敷地を、掃除道具を片手に歩きまわり、

永遠とも思える作業は数時間にも及んだ。
　これって、儀式にかこつけて神社を掃除させているとしか思えない。
「がんばっているわね」
「しっかりね」
　と、ときどき話しかけてくる村人は、励ましてくれるけれど、それすら高見の見物のように思ってしまった。
　なんだか罰ゲームみたいだし。
　そんなことを考えながら、ペットボトルの水を飲みほす。
「璃子、もう疲れたよぉ」
　タオルで汗をぬぐう大和に甘える璃子も、本当に疲れているのか泣きそうな顔をしている。
　私は、亜弥子と雅美とアイコンタクトを交わした。
　そう、私たちは、作戦どおりに左回りに掃除をしたのだった。
　大和が気づくかと思ったけれど、やはり深く考えないタイプらしく素直に従っていた。
「くっつくなよ、暑いな」
「ひどぉい」
　虫でも追い払うようにシッシッとやる大和に、アニメ声で文句を言う璃子。
　それを見ていても感情は揺さぶられない。
　璃子をだましている最中に余計なことは考えられない。
　最後までうまくいけば、璃子は秋祭りには参加できないはず。そうすれば私は大和と一緒に祭りを楽しめる。

思わず笑いそうになる表情を引き締める。
「じゃあ、帰るね」
　　私は作戦どおりそう言って立ち上がった。
「お疲れさま」
　　自然な演技で答える亜弥子。
「ゴミ、もらうよ」
　　そう言う雅美に空になった水のペットボトルを託すと、彼女は意味ありげにウインクしてきた。
「またね」
　　そう言ってから私は歩き出す。
　　ここまではシナリオどおりに進んでいるはず。
　　後ろで、「俺も帰る」と言う大和の声が聞こえた。
「だめ。男子はまだやることがあるの」
　　雅美の声がそれを止める。
「聞いてねーし」
「言ってねーし。いいから、休憩したらはじめるよ」
「じゃあ、璃子もお手伝いするー」
　　あくまで大和に首ったけの璃子に、亜弥子の声。
「これは女子禁制なの。ごめんね」
「ひどーい」
　　文句を言っている声が遠くなってゆく。
　　これでよし、と。
　　いったん消えた私は、しばらく時間を置いて戻って来ることになっている。
　　神社を出ると家に戻った。

家のなかには朝まではなかったビールの空き缶が散らばっている。
　私に背を向けているお父さんは、私の存在に気づいていないのか、お酒を飲み続けていた。
「ただいま」
　声をかけても一心不乱でビールに夢中の様子。
　……これは、アルコール中毒ってやつかも。
　今度、社長さんに相談しよう。
　お父さんのことは気になるけれど、今はそれより作戦を進めなくては。
　タオルで体を拭くと、新しいシャツに着替えてから神社に戻る。
　掃除のスタート地点へ行くと、遠くのほうに大和と亜弥子たちが見えた。
　大和が文句を言いながら、掃除をやり直しているのだ。
　今度は右回りに掃除していることにも気づいていないのか、亜弥子に指示される場所を軽く拭いていた。
　見つからないように、ずいぶん離れてから私も同じようにした。
　これで私と大和は正しい方向でできたことになる。
　左回りに掃除した璃子だけが失格、ってことだ。
「神様、ありがとう」
　本堂の前で２回手を叩いてお辞儀をした。
　出し抜くって気持ちがいいものなんだね。
　罪悪感が少しだけあったけれど、全部璃子のせいなんだ

もん。
　私の大和に手を出そうとしたのだから。

　夏休みはあっという間に過ぎてゆく。
　正直、夏休みだからって楽しいことはそんなになかった。
　この小さい村じゃ遊ぶところなんてないし、町に出たくてもお父さんがあの調子じゃ車の運転だって無理だ。
　その後、儀式のある金曜日は２週続けて雨のため中止になり、そのぶん夏休みの宿題が進んだ。
　とはいえ、儀式が遅れていることは私を不安にさせる一方。
　間に合わなかったらどうするのだろうか……。
　あれ以来、日に日にお父さんは無口になり、家でお酒を飲んでばかり。
　話しかけるきっかけもなく、たまに勇気を出して話題をふっても上の空。
　むしろ、この前怒鳴られたショックが尾を引いていて、うまく話しかけられずにいた。
「なんだかな……」
　明日は、夏休み最後の金曜日。
　朝からよい天気の今日、きっと明日も大丈夫だろう。
　近ごろは、出かける気配のないお父さんを避けるように村役場に逃げることも多かった。
　亜弥子はそのたびに笑顔で迎えてくれ、彼女がいないときにも勝手に入って時間をつぶすことも多くなっていた。

今日はどうしようか……。
　宿題も終わったし、本当なら遊んでいたいけれどお父さんの様子も気になる。
「なあ」
　台所で朝食の片付けをしていると急にお父さんの声が聞こえてそちらに顔を向ける。お父さんはビールの缶の海のなかで横になっていた。
「どうしたの？」
　今日はいくぶんおだやかそうに見える表情にホッとしながら答えた。
　仕事はきっと長い間休んでいるのかもしれない。
　私の姿を確認すると、お父さんは、「俺、どうしちまったんだろうな」とつぶやいた。
　窓からの朝日がお父さんの顔に当たり、顔色を白く見せた。
　すっかり痩せてしまったお父さんは、廃人のよう。
「具合悪いの？」
　顔をこちらに向けたお父さん。私は濡れた手をタオルで拭きながら、お父さんの方に向き直った。
「少し、な」
　さすがに体調不良を認めてくれたので、少しだけホッとした。
「お酒、やめられないの？」
　私の問いにお父さんは軽く首を振る。
「やめられるさ。家で飲んでもうまくないしな」

「じゃあどうして飲むの？」
　ふっと笑ったお父さんが目を閉じた。
「なんでだろうな。社長と飲むと酒がうまいんだよ。やめなくちゃって思っても、夜になるとふらふら出かけてしまうんだよ」
　散らばった缶をゴミ袋に入れていく。
　これだけの量を体に入れるなんて、やはり病気なのかもしれない。
　その反面、食事らしい食事はとっていないようなので、痩せてしまったのだ。
「情けないな、俺は」
　どんなときでもあっけらかんとしているお父さんだったのに、こんな弱気な言葉を聞いたのは初めて。
　部屋の空気が、濁っているように感じた。
「私ね……」
　目を閉じたままのお父さんに言う。
「ちゃんとまた３人で暮らしたいの。お父さんとお母さんと一緒だと楽しいから」
「ああ……」
「お父さんは借金だらけだけれど、いつだって元気で前向きだったじゃん」
　いつからこんなふうになっちゃったのだろう。
　お金はなくても、家庭ではいつも笑い声があふれていたのに。
　もう、幻みたいに思い出せないよ。

ああ、だめだ。
　泣きそうになってる。
　だけどここで負けちゃだめだってこともわかっている。
　今は私がお母さんの代わりにしっかりしなくちゃ。
「だからさ」
　わざと元気な声を出した。
「お父さんもがんばってよ。それでまた家族一緒に暮らそうよ」
「すまんな、本当にすまん」
　そう言うと、お父さんは体を起こした。
「俺、酒やめるわ」
「やめなくてもいいけど、せめて減らさないとね。ほんっと、極端なんだから」
「それもそうか」
　久しぶりに歯を見せて笑うお父さんを見て安心した。
　なんだか暗い家に光が差したみたいに思えた。
「私から社長さんに言おうか？　しばらく飲みに行けない、って」
「そうしてくれるか？　仕事はちゃんと行くから、と伝えてくれ」
「わかった」
　缶の中身はあとで洗うことにして、善は急げ。
　外に出ると、ちょうど社長が出勤するのか家を出るところだった。
　後ろからおばさんの姿も。

「おはようございます」
　そう言って近づく私に、ふたりはニコニコと同じような笑顔を見せた。
　夫婦って長年一緒にいると似てくるものなのかも。
「結愛ちゃんおはよう」
　おばさんがお弁当らしき包みを社長に渡しながら言った。
「どこかへお出かけかい？」
　社長の言葉にかぶせるように、「あの、社長さん」と、声にした。
「ん？」
「父と話をしたんですけど、最近ちょっと調子が悪いみたいで」
　私の言葉に社長は顔を曇らせた。
「ああ、心配しているんだよ。仕事は無理しないでいいからね」
「ありがとうございます。それでですね……」
　言いながら不安になった。
　厚意(こうい)で毎晩飲みに連れていってくれているのを断ってもいいものなのだろうか。
　それに社長は父と飲みに行くのが楽しみだ、とも言っていた。
　……だけど、せっかくお父さんが決心したんだし。
「しばらく禁酒をするようなんです」
「え？」

なぜかそう答えたのはおばさんのほうだった。
　社長は曇った顔のまま動かない。
「お酒の量も増えていますし、まずは体調を整えたいんです。ですから、しばらくは——」
「それはあなたの意見なの？」
　おばさんの声は聞いたことのない低音だった。
「え？」
「お父さんが決めたの？　それともあなたがお父さんのプライベートに口出ししているの？」
　笑顔のままだけれど、やはり声色はいつもと違う。
　そしてまた、目だけが笑っていなかった。
「あの……」
　戸惑う私に、社長が「まあまあ」と割って入った。
「いいじゃないか。たしかに最近ちょっと飲みすぎていたかもしれないね」
　すると、おばさんはニカッと口を開いた。
「そうよね。たしかにそれがいいかも。あなたも、飲みすぎなんだから」
「はは。僕も休肝日にするとしよう」
「あらら。結愛ちゃんのおかげで家計も大助かりよ。私もいつか注意しなくちゃって思ってたから助かったわ」
　ウインクまでしてみせるおばさんに驚く。
　さっきのはなんだったのだろう……。
　そうしてからまた思った。
　この村に来てから幾度となくこの種類の違和感が続いて

いる。
　なんだか……おかしい。
　なぜか『逃げて』と言っていた広代の顔が浮かんだ。
　もし、彼女の言うことが本当だったなら……。
「結愛ちゃんはどこかへ行くのかな？」
　社長の問いかけに、答えようとしてから、ふと思いついた。
　そういえば、広代が前に言っていた。『美香子さんに会って』と。
　たしか、吊り橋あたりにいるんだっけ。あのときは真剣に取り合わなかったけれど、今はこの不安を解消したい。
　明日の儀式は吊り橋でおこなわれるわけだし、ちょっと行ってみよう。
「少し散歩します」
　笑顔で答えた私は、ふたりと別れると歩きだした。
　気のせいかもしれないけれど、ずっとふたりが私を見ているような気がした。

　坂道を下りてゆくと、前方に吊り橋が見えてきた。
　10分ほどの距離なのに、背中が汗ばんでいる。
「夏も終わり、か」
　セミの大合唱もいくぶん元気がなくなってきたように思える。
　吊り橋には人影がなく、看板のところで休憩をした。
【秋■■■刻　永神様■■■り　火■野、■を捧げ■　さ

すれば■■の地となり】

　前に読んだ文字が目に入った。

　木を彫って作った文字を指でなぞると、あらためて吊り橋のほうへ向かう。

　100メートルほどの金属製の吊り橋は、他の場所からの人の侵入をこばんでいる。

　雅美のお父さんが言っていたとおり、昔は神聖な場所だったんだろうな。

　こうして眺めていると、ここが現実世界で、橋の向こう側は別世界のように思えてしまう。

　この村の環境に慣れてきた、ってことかな。

「よお」

　声に振り向くと、大和が片手をあげて歩いてくるところだった。

　目を線にして珍しく笑顔の大和。

　胸が、胸が痛くなる。

「あ、おはよ」

　平気な顔をして言うけれど、心臓が鼓動を速めている。

　この間、神社で掃除をして以来会っていなかった。

　あれから毎日、大和のことを考えている。

　璃子をはめてやった心地よさは長くは続かず、「今ごろ、ふたりで会っていたらどうしよう」なんて悪い想像ばかりを繰り返していた。

　誰にも言えないこの気持ちが恋であることを、もう認めよう。

——私は、大和が好きなんだ。
　だからこそ璃子に嫉妬したり、イヤな感情を抱いてしまったり。
　恋って、こんなに感情を揺さぶるものなんだな……。
「どうしたの？　早起きじゃん」
　軽口を叩く自分が強がっているのを自覚する。
　そうしないと、今にも気持ちがあふれて言葉になってしまいそうで。
　必死に心のなかで自分の気持ちと戦っている私に、大和が言った。
「美香子さん、って人知らないか？」
「美香子……えっ、なんでその人のこと知ってるの？」
　驚いた。
　こうも大和と考えることが同じだなんて。
　まるで、気持ちが通じ合っているみたい。
「広代が言ってたから」
　なんでもないみたいな大和の言葉に、「なあんだ」と、つい言ってしまった。
「あいつ、しつこいんだ。『結愛には忠告したけど言うことを聞いてくれない。だから、あなただけでも逃げろ。美香子さんも言っている』とかなんとか」
「たしかにちょっと前にうちに来て忠告されたけれど、話の途中で帰っちゃったんだよね」
　あの日、広代は隣のおばさんの出現に、いなくなってしまったんだ。

さっきのおばさんの表情を思い出す。
「なんかね」
　自然に私は口にしていた。
「広代のこと、信用できないって今でも思っている。だけど、なにか気になるの」
「俺も」
「大和も？」
　こくりと首を縦にふると、大和は「なんかこの村、ヘンな気がするんだよ」と口にしたから、私も同じようにうなずいた。
「うまく言葉にできないけれど、どこか普通じゃないよね」
「みんなの言葉や表情がおかしい、っていうか。ああクソ、うまく言えない」
　こんな状況だというのに、頭をかきむしる姿がなんだかかわいかった。
「言いたいことわかるよ」
　あなたのことが好きだからわかるんだよ。
「だから、広代の言うことも俺なりに調査してみようかな、って」
　やっぱり、とうれしくなる。
　同じ転入生というだけじゃなく、考えることまでどこか私たちは似ているんだ。
　少しの違和感が積み重なって、こうして同じ疑問を抱いている。
　そのときだった。

坂道で黒いものが動いているのが視界に入った。

見ると、黒い喪服姿の美香子が左右に体を揺らしながら坂をおりてきている。

私の視線に気づいた大和が振り返って、驚いた声を出した。

「あれが、美香子ってヤツ？」

「……うん」

「すごい格好だな」

たしかに、真夏に全身まっ黒で徘徊(はいかい)している姿は異様な光景だった。

美香子は私たちの前を通り過ぎると吊り橋のたもとまで歩いていくと、手すりに手を置き、下をのぞきこむような格好をした。

「落ちるんじゃね？」

「まさか」

なんとなくじりじりと近づいてゆく私たち。

なにか、声が聞こえる。

耳を澄ますと「裕一、裕一」と、何度も呪文のように繰り返している。

「死んだ、っていう息子の名前？」

耳に口を寄せて尋ねる大和に、思わず悲鳴をあげそうになった。

だって、近すぎる。

大和の息づかいを感じるほど近い。

アワアワしていると、ふいに美香子が体の向きを変えて

私たちを見た。
　やばいかも……。
　また、捕まったらどうしよう。
　美香子は私たちの顔をいぶかしげに見ていたが、次の瞬間信じられないようなことをした。
　急に姿勢を伸ばしたかと思うと「なんだ。あなただったのね」と、この間とはまるで別人のしっかりした声で言ったのだ。
「結愛さんね」
　思わずふたりで顔を見合わせた。
　どういうこと？
「驚かなくてもいいわよ。私は清美香子」
　ふふ、とほほ笑んでまで見せた美香子の目はしっかりと私たちを見ている。
　この間の雰囲気と、あきらかに違う。
「あの……どういうことですか？」
　まだ油断できない、と思いながら聞くと、美香子は肩をすくめた。
「村人じゃない人にはいたって普通に接するわよ」
「でも、この間はヘンでしたよ」
　あの狂人っぷりを忘れているとは言わせない。
　すると美香子は鼻から息を吐いた。
「あれは本当にごめんなさい。でも、あのときは監視されていたでしょう？」
「監視？」

「気づいていなかったの？　商店の人とか村人が私たちを監視してたのよ。だから、おかしなフリを続けたの」
　ぜんぜん気づかなかった……。
「話と違うぞ」
　コソコソと耳元で言ってくる大和に私の顔は絶対に赤くなっている。
　美香子は喪服のポケットからタバコを取り出すと素早く火をつけた。
　深くタバコを吸ってから、白い煙を浮かべる。
「どうして態度が違うのか、ってことよね？　それは簡単なことよ」
「簡単なこと？」
　聞き返した私に、美香子はゆっくりとタバコを吸って、煙とともに口を開く。
「あれは村人を油断させるためよ」
「油断……」
「そう。私の息子は去年の秋祭りの日、この村のヤツらに殺されたの。でも、ヤツらはそれを認めない。だから、私は独自に調べているの」
　坂道辺りに目線を配りながら、美香子はニヤリと笑った。
　どうも話がおかしい……。
　死んだ、とは聞いていたけれどまさか殺されたとは思わなかった。
　これは美香子の妄想なのだろうか？
「裕一さん、っていうのは息子さんですよね？　殺され

た、ってどういう意味ですか？」
 私の言葉に、美香子の目が急に翳ったように見えた。
 悲しみの色が瞳に宿っている。
「……そのままよ。裕一はこの村に殺されたの。だけど、村長の圧力で、自殺として処理されたのよ」
 思い出しているのだろう。
 語尾が強くなった美香子が、ふう、と息を落とした。
「私はたしかにいい母親じゃなかった。去年、この村に引っ越して来てからも、仕事ばかりでほとんど家に帰ってこれなかった。だって片親だし、与えられた仕事は町のほうだったから」
 与えられた、ということは美香子の家もあの募集を見て応募したのだろうか？
 尋ねてみたいけれど、今は話を聞いておくべきだろう。
「いつかこの村を出て、町に住みたかった。だからがんばっていたの。裕一もそれを理解してくれていた。友達もできたみたいで、彼らを家に招いたりもしていたみたい」
「裕一さんは何年生だったのですか？」
「当時は中学１年生だった」
 答えに胸がとくん、と鳴った気がした。
 広代が『友達』と言っていたから薄々予想はしていたけれど、同じ学年だったんだ……。
 なつかしそうに目を細めた美香子が付け足す。
「クラス委員の髪の長い子には会ったことがあったわね」
 と。間違いない、亜弥子のことだ。

「……そうですか」

　話の流れをジャマしないよう短くあいづちをうつ。

「だけど……」

　煙草を足元に捨てた美香子は、まだ火のついている吸い殻をつま先ですりつぶす。執拗に、何度も何度も。

「裕一は秋祭りの夜に……この吊り橋から落ちて死んだの」

　ゴクリ、という音は隣の大和から。

　ゆるゆる首を振ってから、美香子は私を見た。

「たまに会うと、学校での楽しかった話をしてくれていた裕一が、自殺なんてするはずがない。だって、本当に楽しそうだったのよ。だけど、クラスメイトは口を揃えて言ったそうよ。『裕一には友達がいなかった』と。ウソなんてついたことがないあの子が、そんな作り話をすると思う？　絶対になにかおかしいの」

　その目には悲しみだけじゃなく、息子の死の真相を知ろうとしている強い意志があった。

　でも、どうして亜弥子たちがウソをつく必要があるの？

　思ってもいなかった情報に頭がこんがらがってしまって、うまく考えがまとまらない。

　それから美香子が大和に視線を移すと、不思議そうに尋ねてきた。

「あなたは村では見かけない顔ね。村の人じゃないの？」

「違います」

「そう、あなたも転校生なのね？」

「はい」

「どこから来たの？」
「……奈良」
　単語でしか答えない大和は、まだ警戒している様子だった。
　奈良県から来たというのは、初耳だった。
　そう言えば、奈良のことを『大和』と呼ぶんだっけ？　それが彼の名前の由来なのかもしれない。
　それを知ることができただけでもうれしくなるけれど、今はそれどころじゃない。
　美香子はまたため息をついたかと思うと、「ここにいちゃだめ」と、低い声で警告した。
「あなたたち、秋祭りの準備……"儀式"とかをしているでしょう？」
「はい」
　今度は私が答えた。
「それを裕一もしていたの」
「え？」
　驚いて大和の顔を見ると、彼も同じように口を開けていた。
「"しるし"をもらうんだ、って裕一はすごく喜んでいたの。クラスの友達も協力してくれていたらしいわ。儀式を終えて、その"しるし"をもらえる日……秋祭りの夜に、裕一は殺されたのよ」
　言葉を探せずに頭のなかでいろんなことがまわっている。

そんな大事件があったのに、亜弥子や雅美はひと言も言っていなかった。
「たぶん、儀式がすべて終わったから裕一は殺されたのよ」
　静かに、でも怒りを含ませた声だった。
「まさか」
　と、否定しながらも、ゾクゾクと背中に悪寒が走っている。
　それは、美香子の言うことは筋が通っていないようで、ありえる話だと思っているからなのかもしれない。
「儀式を終えたら危険だと思って。この村にいる人は誰も信用しちゃダメ」
　まっすぐに私を見てくる美香子になにも言えずにいると、大和が怒ったように言った。
「じゃあ広代は？　なんで広代があんたのこと心配してるんだよ」
「ああ、広代さん……。彼女だけがこの村で私のことを心配してくれているの。この事件に疑問を持ってくれている唯一の人よ。彼女は、私の救い」
　宙を見上げてほほ笑んだ彼女は、やがて私たちに視線を戻した。
「だから逃げたほうがいい。広代さんからも言われているはずよ」
「でも……」
　やっと言葉が出たのに、それ以上続かない。
　なんて言えばいいの？

なにを信じればいいの？
　私も大和も儀式をはじめてしまっているけれど、それが危険だって……そういうこと？
　混乱している私に、「おーい」と呼ぶ声が聞こえた。
　振り向くと、坂の上で亜弥子と雅美が手を振っていた。
「やばいぞ」
　大和の声に、うなずいてから視線を戻した。
　そこに美香子の姿はなく、橋の横にある崖のあたりをふらふらと歩き出していた。
　口からは呪文のように、「裕一、裕一ぃ」と声があふれている。
　さっきまでの力強い態度はなく、夢遊病者のように。
「どうしたの？」
　近づいて来た亜弥子が肩に手を置いたので、ビクッと震えてしまった。
「大丈夫だよ」
　なにが大丈夫なのかわからないまま答えると、雅美が美香子をにらむようにして見た。
「あのおばさんにからまれたの？　あの人、頭がヘンだから関わらないほうがいいよ」
「そうそう。なにか言われたら逃げてね」
　亜弥子も心配そうに言う。
「うん、そうするね」
　そう答えた声まで震えているようで、無理して笑ってみせる。

「それよりクーラーの効いた役場に行かない？」
「お菓子もあるよ」
　ふたりの笑顔。
　私の笑顔。
　どちらがウソをついているの？
　去年の秋祭りの日、いったいこの村でなにが起こったの？

　浅い眠りの海をただよいながら、窓を叩く雨の音に目を覚ます。
　夜明けを迎えたものの、なんだかうまく眠れなかった。
　それはやっぱり美香子のことを考えてしまっていたから。
　美香子は裕一の死は自殺ではない、と言っていた。
　クラスメイトだった亜弥子や雅美があやしい、とも。
　広代も同じように思っているからこそ、クラスで打ち解けられないでいるのかもしれない。
「裕一くん……」
　顔も知らないクラスメイトだったはずの男子の名前をつぶやく。
　"しるし"をもらう秋祭りの夜に殺されたのなら、私も危険かもしれない。
　だとしたら広代や美香子が『逃げろ』と何度も言ってくるのも納得できるわけで……。
　反面、彼女たちが正しいことを言っているという確信も

持てずにいる。
「ああ、もう。わからないよ」
　枕に顔をうずめて悶々としていると、電話の音が聞こえた。
　布団から体を引きずり出して居間にある電話をとると『おはよう』と、亜弥子の声が聞こえて、息がつまった。
『結愛？』
　返事をしない私に尋ねる優しい声。
　この優しさは本物なのだろうか……。
「お、おはよう。寝起きで目が覚めてなくって」
　聞かれてもいないのに言い訳をする。
　これじゃあ怪しまれちゃう。
　……って、まるで亜弥子がなにか隠していると決めつけているみたいじゃない。
『そっか。ごめんね、少しでも早いほうがいいと思って』
「大丈夫だよ」
『どうしていつも金曜日は雨なのかしらね』
　言われて気づいた。
　今日は儀式をおこなう日だった。
「また中止？」
『それがね、もう今日を逃すと学校がはじまっちゃうでしょう？　儀式はあとふたつ残っているから、無理をしてでもやったほうがいいと思うの』
　申し訳なさそうに言う亜弥子に、「うん」とうなずく。
『昼には雨もやむらしいし、儀式はすぐに終わる内容なの。

お昼ごはんが済んだら、吊り橋のところに来てね』
　昼からか……。
「わかった」
『結愛？　あのさ……』
　素直に返事をして私が電話を切ろうとすると、亜弥子が珍しく言いよどんだ。
　なんだろう？
　ちょっとした声色の変化でも不安になるなんて、いくらなんでも敏感になりすぎている。
『昨日、美香子さんになにか言われたの？』
　その言葉が、なんだか胸に迫った。
　やっぱり、亜弥子はなにかを……。
「え？　なんで？」
　とぼけた声を出す私は臆病だ。
　裕一のことを聞いてみればいいのに、怖くて言い出せずにいる。
『違うならいいの』
　短くそう言って、亜弥子は『また午後に』と、電話を切った。
　受話器を持ったまま振り返る。
　奥の部屋にいるお父さんはまだ寝ているらしい。
　昨夜は、本当にお酒を飲まなかった。
「だるい」
　と言って早々に寝てしまったけれど、少しだけごはんも食べてくれたし、いい兆しかもしれない。

……そうだ。
　覚えている番号にかけると受話器をまた耳に当てた。
　何度か呼び出し音が鳴る。
『もしもし』
　ほがらかな声が聞こえて安心する。
「お母さん」
『おはよう、朝に電話なんて珍しいわね』
「ごめんね、これから仕事でしょ？」
　受話器越しに聞こえる声は、あたたかくてなつかしい。
『娘からの電話に出ない母親はいないわよ。どうしたの？』
　明るい声に、涙がこぼれそうになる。
　お母さんに会いたい。
　不安で仕方がないこの毎日から助けてほしい。
　だけど、それはがんばっているお母さんに心配をかけることになるから。
「そろそろ村に遊びに来てくれてもいいんじゃない？　もう借金取りも来ないよ」
　冗談ぽく言うことしかできない。
『そうね。お母さんも同じこと思っていたの』
「じゃあ９月の連休のときとかは？　こっちで秋祭りがあってね──」
『ごめんなさい。そこは仕事なのよ』
　申し訳なさそうに言うお母さんが、『連休中こそ自宅に家族がいるから保険の営業に行かなくちゃ、なのよ』と、続けた。

そっか……。
　少し気持ちが沈んでしまいそうになる私。
『だけどね、連休が終わったらまとまった休みが取れそうなのよ。そしたら必ず行くから』
「ほんと？」
　明るい希望を見た気がした。
　お母さんに会えるんだ。
『ええ。それにね、そのときにお父さんに話をしたいの』
　急に真面目な声になったお母さんに、「話？」と尋ねた。
『実はね、正社員にもなれたし、この仕事でやっていけそうなの。だから、結愛さえよければ……お母さんと一緒に暮らさない？』
「えっ、それって……」
『結愛にはまた転校させることになるから、あなたが決めていいのよ。だけど、やっぱりお母さんはあなたがいなくちゃがんばれないのよね』
　あはは、と笑うお母さんに今度こそ涙がこぼれた。
「私も同じだよ。お母さんと暮らしたい」
『ついでだからお父さんもこっちに呼んじゃおうか？』
　おどけた声のお母さんにつられて少し笑う。
「それもいいかもね」
　それからお母さんが来る日をカレンダーにメモをしてから、電話を切った。
　ゴール地点が決まったような気分。
　それは脱出へのカウントダウン。

気持ちが決まると、あらためて疑問が輪郭を作りだす。
　この村の人は言っていることがみんなチグハグで、誰を信用していいのかわからない。
　また３人で暮らせるなら、なんだってやるよ。
　なにがあってもお母さんのそばに行きたい、と思った。
　学校だって辞めてもいい。
　——この村から逃げられるならば。

　結局、雨は午前中にあがった。太陽が雲の切れ目から村に光の線を降らせている。
　吊り橋に行くと、そこには亜弥子と雅美がすでにいた。
「雨、上がったね」
　と言う私にふたりは目を丸くした。
「どうしたの？」
「だって、すごくうれしそうな顔をしているから」
　亜弥子はそう尋ねると、首をかしげる。
　雅美も横でうなずいている。
　やっぱり私は感情が全部顔に表れてしまうみたい。
「そう？　なんでもないよ」
　この村を出ていくことを言ったら、ふたりは悲しんでくれるのかな？
　それとも怒るのかな？
　あんなに仲良くしてくれていたのに、お母さんの提案を受け入れてしまった私がひどく冷たいように感じた。
　でも……ごめんなさい。

これだけは変えられないよ。
　お母さんが来るのは９月の連休が終わったあと。
　ということは秋祭りも終わっているだろうし、"しるし"ももらえているだろう。
　一応、義理は果たせるってことだよね……？

　──カー、カァー。
　どこかでカラスの鳴き声が聞こえていた。
　カラスって朝早くとか夕暮れ時に鳴くものだと思っていた。
　だけど、声がするだけでその姿は見えない。
　姿が見えないのは、美香子もそうだった。
　いつも吊り橋の近くにいる美香子は、今日は亜弥子たちがいるから、避けているのだろうか。
　それとも、仕事に出かけているのかも。
「おっす」
　ようやく来た大和は仏頂面。
　昨日私に見せた笑顔はなく、やっぱりみんなの前ではぶっきらぼうみたい。
　そんな大和をこの村に置いていってしまうことが気がかりだけど……。
　恋心を打ち明けなくてよかった。
　もし……もし思いが通じたなら、別れがつらくなるから。
　私の気持ちを読むのが得意な大和だからこそ、ここは慎重にいかなくちゃ。

「みんな早いよぉ」
　もっと早く走れるだろうに、ぱたぱたとかわいい走りかたでやってきた璃子。
　今日はひまわり模様のワンピース。
　まるで町にでもお出かけするみたい。
「璃子、大和くんの家まで迎えに行ったんだよ。先に行くなんてひどい」
　ぷう、とふくれた璃子に、「約束してねーし」と、あいかわらず冷たい大和。
「うわーん。泣いちゃう」
　両手を目に当てた璃子を見ても、心の波は荒れなかった。
　だって、私はもうすぐこの村からいなくなるんだから。
　今やっていることも、全部がそのうち過去になる。
　思わずニヤけそうになる顔に力を入れてこらえた。
「じゃあ、また雨が降る前にさっさとやろう」
　雅美の声を合図に、私たちに渡されたものはビニール袋に入った白い粉。
　これは……塩かな？
「こっちだよ」
　そう言う亜弥子について列になって吊り橋へ。
「この塩を橋の上から撒くの」
　なるほど、それでお清めをするってことか。
　――カー、カァー。
　またカラスの声が聞こえたが、空を見ても姿はない。
「それだけでいいのか？」

大和がビニール袋をのぞきこんで聞く。
「簡単でしょ」
　雅美がうなずく。
　ところが、吊り橋の入り口まで来たところで璃子が唇をとがらせた。
「でもさぁ、こんな簡単なことだったら、雨の日だってやればよかったじゃん」
　たしかにそうだ、と思った。
　2週間も待たされた挙句の儀式がこんな簡単なことなら、雨でもやってしまえばよかったのに。
「文句言うならやらなくてもいいよ」
　雅美が攻撃すると、璃子は「雅美ちゃんひどいー」と、ふくれた。
　さすがに言いすぎたと思ったのか、雅美が吊り橋を指さす。
「この吊り橋の橋げたは、雨の日には思った以上に滑るの。もし、上で滑ったらどうなると思う？」
　言われた意味を理解したのか、璃子が谷のほうを見て震えた。
「……落ちちゃうの？」
「そうだよ。だから、雨の日はだめなの」
　切りあげ口調で言う雅美に、もう璃子はおとなしくうなずいている。
　そのとき、ふと亜弥子の着ている白いブラウスが濡れていることに気づいた。よく見ると、スカートも靴も。

雅美は？　と思って見ると、同じようにジャージのいるところに水が染みていた。
　私の視線に気づいたのか、亜弥子が笑う。
「さっき一瞬雨が降ったでしょう？　傘を持ってなかったから、びしょ濡れになっちゃった」
　雨なんて降ったっけ？
　あの電話のあと、すぐに雨は上がったように思っていたけれど……。
「そっか」
　うなずいた私に、亜弥子はみんなを見た。
「それじゃあ、足元に気をつけて吊り橋を渡りながらまんべんなくそれを撒いてください」
　その声を合図に、大和、璃子、私の順で縦にならんで橋を進みだす。
「揺れてる。こわいよぉ」
　悲鳴なのかはしゃいでいるのか、声をあげる璃子を無視して塩を橋の下に投げながら歩く大和。
「……うう」
　ムダなことと悟ったらしい璃子も、同じように歩きだす。
　私は……どうすれば……。美香子さんは儀式を終わらせると危険だと警告してくれたけれど、この状況じゃやるしかないし……。
　そのときだった。
「先行って」
　大和が璃子にそう告げるのが聞こえた。

「ええ？」
「いいから」
　半ば強引に璃子を先に行かせた大和が私のそばに来たかと思うと。
「ちゃんとやったほうがいい」
　そう短く言った。
「え？」
「亜弥子たちがじっと見ているから、早く」
　振り返ると、本当にふたりがニコニコと私を見ていた。
　いつもと同じ笑顔のはずなのに、ゾッとした感覚が足元から這い上がって来る。
「でも、儀式をしてもいいの？」
「今は仕方ない。最後の儀式のときは、なんとかやらないようにしよう」
　今思えば、安全なのは璃子だけだ。
　私と大和は正しい方法でやっているのだから。
「わかった」
　うなずいた私に、大和がもとの位置に戻っていく。
　私を心配してくれているのが伝わる。
　大和の優しさが、この村を離れる決心を揺るがしてしまいそう。
　ビニール袋に手を入れて、私も塩を撒いた。
　谷底に向けて雪のようにはらはらとまってゆく白い塩は、あっという間に見えなくなる。
　半分ほど撒いて、ようやく橋の反対側に到着した。

「よし、残り半分」
「まだ半分もあるの？」
　大和の声に、璃子はあいかわらず甘えた声を出す。
「しょうがないよ、がんばろう」
　そう言った私に、璃子は目を丸くした。
「結愛ちゃん、優しい……」
「そう？」
「うん。璃子のこと心配してくれているの？　うれしいよぉ」
　ウソ泣きを見ても優しい気持ちになれるのは、大和のおかげ？
　それとも村を出ていくというゴールがあるから？
「さぁ、行くぞ」
　先に進む大和に、同じ並びで歩きだす。
　向こう側にさっきから動いていない亜弥子と雅美がいる。
　今度は来たときと反対側の谷底めがけて塩を撒きながら歩く。
　風が出てきているらしく、さっきよりも吊り橋が左右に揺れている。
　──ギシ、ギシ……。
　今にもちぎれそうなほど頼りないワイヤーの音が私を不安にさせる。
　早く、渡り終わりたい。
　だけど、さっきから璃子は本当に怖いらしく少しずつし

か進まない。
　先を歩いていた大和が途中で立ち止まって私たちを待っている。
「怖い、怖いよ」
　震える声の璃子。
　――キィ、キィ……。
　揺れる吊り橋。
　――カー、カァー。
　見えないカラスの鳴き声。
　大和が私たちを待っている間に、谷底を見おろしている。
　怖くないのかな？
　そう思ったときだった。
　大和の目が、なにかを見つけたように見開いた。
　そうしてから私を見て口を動かした。
　……どうしたの？
　なにを言っているの？
　思わず立ち止まったのは璃子も同じ。
　大和が大股で私たちのところへ戻って来る。
　さっきよりも揺れる吊り橋に、思わず手すりにしがみついた。
「大和くん、やめてよ。怖いよ！」
　悲鳴をあげた璃子を無視して、大和が私の手をつかんだ。
「結愛、大変だ」
「大和？」
　まっ青な顔の大和が吊り橋から身を乗り出す。

「あそこに……」
　さっき立っていた場所の真下あたりを指さした。
　悪い予感が騒ぎだしている。
　カラスの声が大きくなったように聞こえた。
「ひゃあ！」
　璃子がおそるおそるのぞきこむと、大声で叫んでしゃがみこみ、頭を抱えた。
「イヤ！　イヤだっ！」
　聞いたことのないくらい本気の声で叫んでいる。
「どうしたの!?」
　亜弥子たちが駆けてくるのを私は茫然と見ていた。
　なにが起こっているのかわからない。
「結愛！」
　叫ぶ大和に、ただごとじゃないことを知る。
　手すりをしっかりつかんで顔を出すと、さっきよりも強い風が谷底からふきあがってきて髪を乱した。
　思わず閉じた目を開けて、大和の指さしたほうを見る。
　そこにはカラスの群れ。
　谷底を流れる川のほとりにある岩に、たくさんのカラスが集まっている。
　違う。
　すぐに脳が否定した。
　カラスだけじゃない。
　群れのなかになにかがある。
　小さくてよく見えないけれど、人の姿に見えた。

カラスの黒に交じって、喪服のような黒い服が見え隠れした。
　周りの岩がペンキを撒いたみたいに赤く染まっている。
　――カー、カァー。
　羽ばたいたカラスのすき間から、その顔が見えた。
　仰向けで倒れている女性。
　それは、美香子だった。

第四章
『歯車が狂う音』

新学期が始まると、村に変化があらわれた。
　いたるところに【秋祭り】と書かれたのぼり旗が立ちだしたのだ。
　神社には大きな垂れ幕で同じ文字が書かれていて、いよいよお祭りが近いことを実感する。
　教室で帰る準備をして腰をあげると、亜弥子と雅美がやって来た。
　浮かない表情のふたりに、「どうしたの？」と尋ねると、「それはこっちのセリフ」と、雅美が腕を組んで顔を近づけてくる。
「最近、元気ないじゃん」
　普通にしていたつもりだけれど、やっぱりバレていたみたいでがっかりする。
　私がウソをつくのがキライなのは、うまくつけないから。
　視線を落としてしまう私に、「まぁ、元気がないのも当然だよね」と言う亜弥子はいつものように優しい。
　だけど……。
　答えに困っている私に、大和までそばに来てくれる。
　今の頼りは大和だけ。
「どうした？」
「結愛が元気ないから」
「そっか」
　悲しい目の彼が「がんばって演じろ」と言っているのがわかる。
　でも、できないよ。

演じることなんて、できないよ。
　目線を逸らすと、広代がまだ席に座ってじっとしているのが見えた。
　璃子は日直なので職員室に行ったみたい。
「あんなことがあったんだもん、結愛の気持ちもわかるよ」
　亜弥子の言う『あんなこと』の意味はわかる。
　美香子のことだ。
　だけど、なんて言葉にしていいのかわからない。
　黙っている私に代わって、大和が亜弥子に声をかける。
「警察はなんて？」
「自殺だろう、って」
　ピクッと体が震えそうになったのを必死で抑えた。
「そっか」
　雅美は平気な顔をしている。
「あの人普通じゃなかったしね」
　普通じゃない、ってどういうこと？
　それは亜弥子や雅美たちだよ。
　顔をあげると、亜弥子の顔がそこにあった。
　じっと私を見ている目の奥に、本当に優しさはあるの？
「美香子さんの息子さんの裕一って、去年同じクラスだったの？」
　気づけば疑問を言葉にしていた。
　すると、亜弥子と雅美は顔を見合わせたかと思うと、ふたりそろってうなずいた。
「うん」

……やっぱり。
「自殺した、って本当？」
　聞いちゃいけないのはわかっている。
　だけど、聞かずにはいられなかった。
「本当よ。いつもひとりでいる子だった。だからあまり話をしたことはなかったけれど」
　亜弥子に雅美がすぐに同調する。
「秋祭りの日に吊り橋から飛び降りたんだよ。そういえば、美香子さんだっけ？　お母さんも同じところで自殺したんだね」
　小さな目を興奮したように見開いている。
　全部がふたりの演技に思えた。
　だって、そのことを今日まで話してくれなかったじゃない。
　美香子さんがおかしい人のフリをしていたことを知っている私にとって、彼女が自殺するなんてとても思えない。
「でも、美香子さんは『裕一は殺された』って——」
　言いかけた私の肩に大和の手がさりげなく置かれた。
　……言いすぎ、ってこと？
　でも、疑問がどんどんふくらんでどうしようもないから。
　すると、亜弥子は深いため息を落とした。
「かわいそうね。息子さんの死が受け入れられなかったのよ」
「そうだね」
　雅美も亜弥子と同じくつらそうな顔をした。

誰が本当のことを言っているのかわからない。
　混乱する頭はショート寸前。
　——ガタッ。
　音が聞こえて横を見ると、広代が椅子を鳴らして立ち上がっていた。
　キッと亜弥子たちのほうに顔を向けた広代。
「ウソつきっ！」
　うわん、と教室に叫び声が響いた。
「広代？」
「みんなウソばっかり！　ウソつきウソつきウソつき！」
　亜弥子の声に、ヤケになったように繰り返してから、広代は荒い息を吐く。
「ウソじゃないよ。あんたこそ、結愛たちにウソばっか言ってまわってるの知ってるんだからね」
　怒った声は、雅美から発せられていた。
　広代は何度も何度も首を横に振る。
「ウソじゃない、ウソじゃない。全部、本当のこと」
「それがウソだって言ってるの」
　前に進んだ雅美に、広代は一瞬でおびえた顔に変わる。
「ウソじゃ……」
「いい加減にしなよ。あんたの家が無宗教だからってさ、儀式に反対するのはおかしいとは思わないわけ？」
「あ……」
　さっきまでの勢いはどこへやら、広代はうつむいて体を小さくした。

「もうやめなよ」
 雅美の前にたちはだかった亜弥子に、重かった空気が少しやわらいだ気がした。
「広代は裕一と仲が良かったでしょう？ だから、彼の死をまだ受け入れられないの。そうよね？」
 優しい声に、広代はぶんぶんと否定を表すと、そのまま走って逃げるように教室から出ていってしまった。
 しん、とした空間に雅美の笑い声が聞こえた。
「逃げるなら歯向かわなきゃいいのにさ」
 その言い方にゾッとした。
「どういうことだよ」
 隣の大和が、強い口調で亜弥子に言う。
「そのままの意味よ。裕一くんは去年の秋祭りの夜に、あの吊り橋から飛び降り自殺をした。それだけ」
「それだけ、って」
 絶句したような大和に、亜弥子は窓の外に視線を移す。
「あれから1年、美香子さんも精神に異常をきたして自殺した。それでいいじゃない」
 あ……。
 また亜弥子の顔から笑みが消えたのを見た。
 お面のような無表情な顔は、やっぱり見間違いじゃなかったんだ。
 ううん、前からわかっていたのに、私がその事実から目を逸らしていたんだ。
 それでも、再び大和に顔を向けた亜弥子はまた笑ってい

た。笑顔のお面を貼りつけているように思えた。
「おかしな点があれば警察だって動くよ。ヘンな勘繰りをしたくなるのはわかるけれど、あなたたちはそれどころじゃないのよ」

冗談っぽい口調に、大和もなにも言えないようだった。
「そうそう。あとひとつ儀式が残っているんだからね。がんばらないとね」

肩の力を抜いた雅美も、いつものおどけたキャラに戻っていた。

人が、死んだんだよ。

去年亡くなったクラスメイトに続いて、お母さんまで亡くなったのに『それどころじゃない』なんて、よく言えるよね……。

だけど、今は合わせるしかないのもわかっている。
「そうだよね」

演じなくちゃ。
「ちゃんと儀式を終わらせて"しるし"をもらわなくちゃ」

疑われないように。
「がんばるからね」

信じてもらえるように。

そして、この村から逃げられるように……。

大和が肩をすくめた。
「たしかに、あとひとつだしな」

私の必死の演技が伝わったようで、少し安心した。

もちろん、目の前のふたりもニコニコといつもと同じ笑

顔を貼りつけていた。
　能面の笑顔は、けっして動かない。

　——ウー、ウウー。
　家の前に着くと、夕焼けを切り裂くようなサイレンが村に鳴り響いた。
「今日はヘリコプターが来る日か」
　遠くの空からバタバタと羽を回す音が聞こえてくる。
　あのヘリコプターに乗って、今すぐにでもここから逃げ出したい。
　だけど無理だ。
　いくら逃げても、中学生の私はきっとすぐに連れ戻されるに決まっている。
　早く大人になりたい。
　住むところを自分で決められるようになれたら、こんなに苦しい思いをしなくてもするのに。
　おかしなことだらけのこのごろに、自分自身が壊れてゆくような気がしている。
　ひとりの人間がこの村から消えたのに、なにごともなかったかのように毎日が過ぎてゆく。
　おかしいと思ったとしても、誰もわかってはくれない。
　どうすればいいのか、本当に混乱している。
　玄関の戸を引いてなかに入ると、いつもと違う光景に体が凍りついた。
　玄関に靴が散乱していたのだ。

見えている台所もめちゃくちゃに荒らされている。
　テーブルはひっくり返され、戸棚の中身は床に散乱しているのが見えた。
　……泥棒だ。
　——ガシャン！
　思わずあとずさった体が、戸に当たって音を立てた。
　マズイ。
　あわてて外に飛び出そうとするが、バタバタと足音が近づいてくる。
　逃げようと思うのに足がすくんで動いてくれない。
　早く、早くっ。
「結愛」
　あせっていると、お父さんの声が聞こえた。
　一気に体中の緊張が解かれ、冷や汗が出てくる。
「なんだ、お父さんか。びっくりさせないでよね」
　文句を言いながら振り向いた私の目に、お父さんの怒った顔が映った。
　血走った眼に、ボサボサの髪。
　ケガをしたのか、右手の甲から血が流れている。
「お、お父さん？」
「どこへやった」
　ギロッと憎しみのこもった視線が私をとらえた。
「……どこって？」
　恐怖を感じながらも靴を脱いで廊下に進む。
「出せよ！」

逃げるように居間へ向かう私に、お父さんがわめきながらあとを追ってくる。
　居間のなかも悲惨な状態だった。
　押し入れの中もテレビの下も、全部中身がぶちまけられているよう。
　部屋じゅうに空になったビールの缶がいくつも転がっていた。
「なにこれ……」
　居間に来たお父さんは私の肩をつかんだ。
「出せってば！」
「な、なにをよ」
　ここで負けてはいけない、とその目を見返す。
　ああ、また酔っぱらっているときの顔だ。
　あれだけお酒をやめると言っていたのに、飲んじゃったんだ……。
　普段は飲むと明るくなるのに、久しぶりのお酒だからか雰囲気が違う。
「酒だよ、酒！」
「お酒？」
「そうだ、早く出せよ！」
　意味がわからずに手をほどくと、転がっている缶ビールを拾いあげた。
「これ、お酒だよね？　飲んでたんじゃなかったの？」
「なんだと……」
　うなるような声をあげているお父さんの顔はまともじゃ

ない。
　憎しみを全身にまとったように私をにらんでいる。
「これ、まだ開いてないよ」
　プルトップの閉じた缶を手にしたその瞬間だった。
　爆発したような音が耳元で聞こえ、右頬が熱くなったかと思うと私は床に倒れていた。
　飛んだ缶が窓にはげしくぶつかって床に落ちた。
　ジンジンする痛みに、ようやく殴られたと気づく。
　すぐにお腹にズンとした重みがきて、悲鳴を上げていた。
「きゃあっ！」
　お父さんが私に馬乗りになっていたのだ。
　すぐに、胸ぐらをつかんで引き寄せられる。
「出せよ。本物の酒を出せよ」
　酒臭い息に顔をそむける。
「やめて、やめてよ。お父さん！」
「出せよ！」
　反対側の頬を叩かれて床に頭をぶつけた。
　ぐらん、と目が回るけれど、つかまれた髪の毛の痛さにすぐに目が覚める。
「隠しやがって！　どこにあるんだよ！」
　冷蔵庫の横にある棚をぼやけた視界で確認する。
　たくさんのビールの缶が並んでいるのが見えた。
「お、お酒ならまだあそこにあるじゃない」
　必死でそう言うが、「違う違う違う違う！」と、大きな声で叫ぶお父さんは、手を離したかと思うとゆらりと立ち

上がった。
「こんな酒じゃない。社長と飲む酒は、もっとうまいんだ。もっと俺を元気にしてくれるんだよぉ」
　涙でゆがんだ視界からお父さんは消えた。
「頼むよ、助けてくれよ」
　ブツブツと言いながら居間から去ってゆくお父さん。
　台所でゴソゴソと音がする。
「どうしたの、お父さん……」
　立ち上がろうとするけれど、腰が抜けたように動けない。
　仰向けのままなんとか上半身を起こすと、涙を拭った。
　手の甲が赤く染まっている。
　鼻血が出ているんだ……。
　なにが起こっているのかわからない。
　しびれた頭では考えもまとまらず、ただただ涙だけが次から次へとあふれてくる。
　それは、恐怖だった。
　ふと、気配を感じて見るとお父さんが居間のガラス戸の横に立っていた。
「……もう、だめだ」
「お、お父さん」
「もう俺はだめだ。おかしくなってしまったんだ。もう、だめなんだよ」
　目線は私を見ていない。
　泣き笑いの表情でお父さんが手にしているものを見て息をのんだ。

その手には、包丁が鈍(にぶ)く光っていた。
「もう、死のう。それしかないんだ……」
　——ギシッ。
　音を立ててお父さんが近づいてくる。
「やめて……やめて……」
　逃げようともがくけれど、足をバタバタさせるだけで体は動いてくれない。
　そうしている間にもお父さんは包丁を両手で持つとゆっくり上にかかげた。
　刃先はまっすぐに私を向いていて——。
「やめなさい！」
　突然の大声にハッとした。
　見ると玄関から社長が飛びこんでくるところだった。
　機敏な動きでお父さんから包丁を叩き払うと「しっかりしなさい！」と、力いっぱいお父さんを殴った。
　床に転がったお父さんは、呆然としたまま目を見開いている。
「お、俺……」
　そこでようやくお父さんは社長の存在に気づいたようだった。
　這いつくばったまま足元に近づく。
「社長……。た、助けてください」
　私が言うべき言葉を放ったお父さんは、顔をくしゃくしゃにゆがめた。
　それから、声をあげて泣きだした。

その体を社長が抱きしめる。
「わかっている。わかっているよ」
「社長、苦しい。苦しいよぉ」
　子供のように泣きじゃくるお父さんを社長は抱きかかえるようにして立たせると玄関へ連れてゆく。
　それを見ていることしかできない私。
「結愛ちゃん、大丈夫かい？」
「…………」
「結愛ちゃん？」
「は、はい」
　ぼーっとしてしまったのか、自分に声をかけられていることに気づいた私が返事をすると、少しだけほほ笑んだ社長が戸を開けた。
「しばらくお父さんはうちで預かるから」
「え？」
「ここに置いてはおけない。きちんと面倒を見て、元気になったら返すからね」
　よくわからないままにうなずいていた。
　社長にまかせておくしかない、ということはわかる。
　だけど、だけど……。
　気がつくと、家からは誰もいなくなっていた。
　さっきの出来事は夢かとも思ったけれど、畳の上で夕日を反射して光っている包丁がそれを否定していた。
　ゆるゆると立ち上がると、台所へ行き包丁をしまった。
　顔を洗い、鏡で確認すると頬が赤くなっている。

氷で冷やしてから片づけをし終わるころには、空はまっ暗になっていた。
　電気をつけて、壁に背をつけて座った。
　ようやくそのときになって体が震えだす。
　震えは奥歯まで広がってガチガチと音を出し、涙がまたこぼれた。
　さっきのお父さんは狂っていた。
　お酒があんなふうに人を変えてしまうの？
　でも、それだけじゃ納得できないこともある。
　お父さんはまだお酒が残っているのに、さらにほしがっていた。
　差し出した缶ビールを拒否して、違うものを探していた。
　あれはどうしてなのだろう……。
　それに、社長はどこで私たちの会話を聞いていたのだろう。
　不思議なことが多すぎる。
　でも、いちばんショックだったのは……。
　社長に抱きかかえられたお父さんが、最後まで私を見なかったことだった。
　その夜、私に眠りは訪れなかった。

「ひどい顔してるな」
　昼休みにトイレから出てきた私に、廊下の壁にもたれながら大和が言った。
「寝不足でね」

なんとか笑う、これを何度繰り返したのだろう。
　亜弥子に。
　雅美に。
　校長先生に。
　そのたびに無理している自分がわかったし、昨日の光景が思い出されてしまう今日。
　お父さんに殴られた顔はあきらかに腫れていて、みんながおかしく思うのも無理はない。
　翌日になってショックは小さくなるどころか、胸にずしんときている。
「少し、外に行こうか」
　ひょい、と壁から離れた大和はもう廊下を歩きだしている。
「……うん」
　少しぼんやりとそれを見てから、あとを追った。
　外に出るとまだ夏の気配、というか夏だった。
　９月になっても、うだるような気温は盆地ならではのことなのかも。
　まぶしさに目を細める私に、大和は校庭の隅にあるベンチを指さした。
　黙って私もうなずく。
　言葉にしなくても、伝わることに救われた。
　ダメージが少しだけ回復した気分。
「まだ暑いよね」
　ベンチに座って空を眺めた。

——カァ。
　カラスが短く鳴いて、黒さが空を汚している。
　美香子のことが脳裏に浮かんでしまい、元気になりかけた心を折った。
「だな」
　横顔の大和が座ったまま背伸びをした。
　沈黙が流れる。
「そういえば今日の校長先生のネクタイの柄、見た？」
　返事がないので続けることにした。
「『親方』って文字が書いてあって、太ったネコの絵が描いてあったんだよ」
「無理すんなよ」
「え？」
　大和はいつの間にかこっちを見て優しい目をしている。
「泣きたいときは無理すんな。しゃべりたくないときは黙っていればいい」
「……そんなこと」
「そんなことある、だろ。今にも泣きそうなのに笑ってる。わかるんだよ」
　ギュッと両手を膝(ひざ)の上で結んだ。
　そうか……。
　大和は、私の考えが読めちゃう不思議な人だもんね。
　はじめからお見通しってことか……。
　張りつめていたものが切れた気がした。
　涙が意思とは関係なくぽろぽろとこぼれる。

嗚咽とかじゃなく、本当にただ静かに泣けるのが不思議。
　大和の手が私の頭をぽんぽん、と叩いた。
「理由は聞かない。だけど、結愛が悲しいなら俺も悲しいよ」
　大和の言葉は魔法だ。
　すっと心におちてそこに温度をくれる。
「なにがあっても、俺はお前の味方だからな」
「大和……」
　きっと深い意味はない。
　同じ転入生だから、気にしてくれているんだ。
　それに、儀式をともにする仲間だから。
　だけど……。
「あのね、うちのお父さんね」
　気づけばするりと言葉が出ていた。
　この村に引っ越してきた理由、そして、昨日のお父さんのことを水がコップからあふれるかのように話した。
　そうしてから……迷いながらも告げたのは、もうすぐお母さんが迎えにきてくれることだった。
　大和は私の頭に手を置いたまま、黙って聞いてくれていた。

　何時間も話したような気がしていたけれど、まだ10分くらいしか経っていなかった。
　勝手にこの村を去ることを決めた私を、キライになってしまったかもしれない。
「話してくれてありがとうな」

だけど、そう口にする彼は優しい人。
「そっか。行っちゃうのか」
「うん……」
　それしか言えない。
　あやまるべきなのかな？
　でも、大和にとって私はただの友達だし……。
「結愛がそれで幸せならいいよ」
「大和……」
「ま、寂しいけどな」
　どうしてそんなふうに私の感情を乱すの？
　日々近くなってゆく距離は、ひょっとしたら勘違いじゃないのかも。
　だけど、もう遅いんだよ。
　お父さんもあんなふうだし、ここにいても悲しいだけだから。
　だけどそう言ってくれる大和と離れたくない、と思ってしまう私はなんて欲張りなのだろう……。
「でもさ」
　言いかけた大和は、難しい顔で少し考えこんだかと思うと、「やっぱりこの村はおかしいな」と、鋭い目で私を見た。
「うん」
「この間の美香子とかいう人にしてもそうだし、なにかが起こっているのはたしかだよな」
「うまく言えないけれど、微妙に全部が違っている気がするの」

「なぁ……。お父さんってさ、今までは優しかったんだろ？」
「うん」
　大きくうなずいた。
「あんなお父さんを見たのは初めてだよ。だから、本当に怖かった」
　眠れなかったのは、今にもお父さんが飛びこんできそうな気がしていたからだ。
　大好きなお父さんが怖いなんて、考えられないことだった。
「これは仮説だけどさ」
　大和が頭から手を離した。
　風が髪を撫でてゆく。
「お酒に薬が混ぜてあったとは考えられないか？」
　思ってもいないような言葉にギョッとした。
「薬？」
「中毒性のある薬かなにか。でないと、そんなふうに禁断症状が出るなんておかしくないか？」
　禁断症状……。
　たしかに、あのときのお父さんは異様にお酒をほっしていた。
　そこにあるのに『それじゃない』と、なにかを探していたっけ……。
　薬でおかしくなっていたとしたら、たしかにありえる話かもしれない。
「でも、なんのために？」

「それは……」
　しばらく黙った大和が、諦めたように頭をかいた。
「だめだ、わかんねぇ」
　こんなときでもおどける大和に自然に笑ってしまう。
　ああ、やっぱり私は大和が好きなんだな。
　あらためて知る思いに、離れることをためらいそう。
「でも、気をつけたほうがいい。裕一や美香子のこともあるし、少し慎重にならないと」
「そうだね」
　足を広げて前かがみになった姿勢で大和が小声で言った。
「たぶん、儀式をやらないほうがいいと思う」
　そのとき、思い出した。
　璃子をだましたことを、大和は知らないんだった……。
　彼女だけが右回りでなく左回りで神社のお清めをしていた。
　それは亜弥子と雅美の提案。
　儀式を正しい方法でしているのは私と大和だけだ。
　そのことについて、正直に大和に告白をした。
　黙って聞いていた彼は、聞き終わるとなぜか少し笑った。
「おかしいと思ったんだよ。２度も掃除させられるなんて」
　どうやら怒ってないようで安心した。
「でも、どうやって儀式をやらないようにするの？」
　亜弥子や雅美はいつもそばで見張っているし、違う方法でやったってバレるだけだろう。

儀式はあとひとつしかない。
いったいどうすれば……。
「そうだな」
腰をあげた大和が私に手を差し出して言う。
「頼るのはひとりしかいないよな」
「誰のこと？」
ためらいながらも、大きな手のひらにつかまって立つ。
もちろん胸が鼓動を速めていた。
私の気持ちも知らずに、大和はニッと笑った。
「放課後、付き合ってくれよな」
　──キーン、コーン。
スタスタと歩いてゆく大和を見送りながら、鳴り響くチャイムを首をかしげて聞いていた。

尾行(びこう)の先にたどり着いたのは村はずれにある家だった。
周りに他の家はなく、畑の奥にある平屋の家はお世辞にも新しいとは言えなかった。
「ここに入っていったよな」
私に確認しながら、もう大和はドアのチャイムを鳴らしていた。
しばらく待ったが反応がない。
もう一度チャイムを鳴らしたけれど、やっぱり出てくる気配はない。
　──ドンドン！
急に大和がドアをこぶしで叩きだした。

「ちょ、やめなよ」
「いいんだよ。おーい、出てこいよ！」
　大声で叫ぶ大和の横顔はいたずらっこのよう。
　10回ほど叩いたところで、ようやく内カギがはずれる音がして、少しだけドアが開いた。
　細いすき間からのぞく顔は、広代だった。
　そう、私たちは、下校する広代のあとをつけてきたのだ。
「……なんの用？」
　無愛想な広代は迷惑そう。
「俺だよ、俺。大和」
「だからなに？」
　今にも閉められるところだったドアを、大和が足先をすべりこませて止めた。
「ちょっと話、聞かせてくれよ」
「話すことなんてない」
　力をこめてドアを閉じようとしている。
「広代、聞いて。私たち、広代が言っていたことが正しいんじゃないか、って思いはじめているの」
　私の声に、広代は表情を変えなかった。
「ずっと信用しなかったくせに」
「悪かったと思っている。だから、話を聞かせてほしい。この村でなにが起きているのか知りたいの」
　伝わるだろうか、広代に。
　しばらく間を置いてから、あきらめたようにドアが開いた。

「入って」
　暗い廊下を広代はどんどん戻ってゆく。
　大和が先になかに入り、続いて私も靴を脱いでそれに続く。
　古い民家なのか、廊下の床は歩くたびにギシギシと鳴いた。
　開いた障子の部屋に、ちゃぶ台が置かれている。
　そこに広代が座ったので、私たちもそれにならった。
「で、なに？」
　沈んだトーンの広代は、きっと美香子の死を悼んでいるのだろう。
　夏休み明けから教室でもさらに存在感を消しているし。
　あぐらをかいた大和が身を乗り出す。
「美香子さんのことは、残念だったな」
「…………」
「俺たち、あれが自殺だとは思えないんだ」
　大和の声に、広代はチラッと大和を見た。
「どうして、そう思うの？」
「美香子さんはおかしい人に見せかけていただけだった。俺たちと話しているときはまともだった。なぁ？」
　視線をくれた大和にうなずいた。
「彼女は裕一くんの死の真相を探るために演じていたんだよね？　そんな人が自殺するとは思えないもの」
　言いながら美香子を思った。
　きっと無念だっただろうな。

「美香子さんは殺されたのよ」
　予想どおり、広代は他殺だと信じているみたい。
「そうかもな」
「おかしいのはこの村人全員よ」
　あいづちを打つ大和に広代は大きくため息をつくと、そう断定した。
「全員？」
　それはないだろう、とでも言いたげに少し笑った大和だったけれど、思い当たることがあるのか口を閉じた。
「私も去年、この村に引っ越してきたの」
　広代の告白は、私に衝撃を与えた。
「ウソだろ、お前も転校生かよ」
　同じように驚いた大和に、広代はゆるゆると頭を振った。
「事情のある家庭ばかりを呼んで村の子供にしていく。この村はそうやって生きながらえてきたの」
　広代も同じ転校生だったんだ……。
「私が引っ越してきたのは裕一と同じ日。7月になると"しるし"についての説明を亜弥子たちがしてくれた。私は興味なかったけれど、裕一は楽しそうに儀式をおこなっていた」
　なつかしむように目線を落とした広代が、やがてその表情を曇らせる。
「でも、おかしいと思った。だって、その前の年も転校生が秋祭りの日に死んでいたのだから」
「え？」

思わず声が出た。
「調べてみると、ほぼ毎年村祭りの夜に誰かが死んでいる。それは全部事故として処理されているけれど、そんな偶然続くと思う？」
　広代の視線が私をとらえた。
　毎年、誰かが死ぬ？
「でもそんな毎年じゃ、警察だって疑うでしょう？」
「死んでいるのは転校してきた生徒ばかり。だけど発見場所はいつも違う。裕一は吊り橋の下。それ以外の生徒は、みんな他の町や県で発見されていたの」
「それじゃあ両親が黙っていないだろ？」
　大和の言いぶんはもっともだ。
　関連性を疑う親だっているはずなのに。
「村人を甘く見ないで。彼らはひとつのチームなの」
「チーム……」
「そう」
　広代は正座している姿勢をさらに伸ばすと目を閉じた。
「転校生はみな、なにかしら問題を抱えている家庭の子ばかりよ。片親、もしくは親が留守がちの子を選んでいるのよ」
　ハッとした。
　うちもそうだ……。
　ということは大和の家もそうなの？
　横にいるその顔が否定しないところを見ると、当たっているのだろう。

ぜんぜん知らなかった。
「親がいたとしても、なぜかどの親もおかしくなっていて話も聞けない状況らしいわ。まるで薬漬けにでもされたみたいに」
「え!?」
　驚きのあまり一瞬、目の前がまっ白になった。
　肩に手を置かれて横にゆっくり首を向ける。
「やばいぞ」
　大和が真剣な顔でこちらを見ていた。
「お父さん……」
　大和の予想が当たっていたことを知る。
　お父さんはお酒じゃなく薬に溺(おぼ)れていたのだとしたら……。
　大和の仮説どおり、お酒に薬が混ぜられていて、その禁断症状でおかしくなっていたんだ……。
　めまいに襲われて、床に倒れそうになるのを必死でこらえた。
「どうすれば……いいの?」
　震える声の私に、広代は首を振った。
「どうしようもない。この村から逃げて助けを呼ぶしかない」
「じゃ、じゃあ今からっ」
　立ち上がりかけた私の腕を大和がつかんだ。
「どうやってこの村を出るんだ?　吊り橋の先はいくつも山があるだろ。歩いていくなんて不可能だ」

「でも、でもっ」
「不可能ね」
　腕をほどこうとするけれど、淡々とした広代の言葉に力が抜けて腰を落とした。
「だけど……このまま黙っているしかできないなんて」
　そのときだった。
　——ウウー。
　サイレンが響き渡った。
「ヘリコプターは？」
　でも、大和の声に決意を固めた。
「そうだよ。ヘリコプターの人に助けてもらえればいいじゃん」
　けれど広代は首を振る。
「操縦士は村の人よ。すぐに捕まってゲームオーバー」
「……まいったな」
　つぶやいた大和をぼんやりと見る。
　私のせいだ……。
　広代や美香子の忠告をもっと早く聞いていれば間に合ったかもしれないのに。
　悔しくて情けなくて、でも涙が出ない。
　ショックが大きすぎて夢を見ているみたい。
「結愛、考えるんだ。なんとかして逃げないと」
　でも大和の声に決意を固めた。
　今は悔やんでいる場合じゃない、しっかりと考えなくちゃ。

「チャンスはあると思う」
　そう言った広代は指を２本立てた。
「ひとつは最後の儀式をやらないこと。やらないと疑われるだろうから、間違った方法でやるの」
　ああ、以前も教えてくれていたよね。
　なんであの日の私は信じられなかったのだろう。
「もうひとつは、祭りの当日に抜け出すの」
　黙って聞いていた大和が「でも」と口にした。
「たとえ吊り橋を渡って村を抜け出せたとしても、山道をおりるのは無理だろうが」
「たしかにそう。でも、祭りには見学者が来るはず」
「見学者？　それって村人以外の？」
　大和の質問に広代は軽くうなずいた。
「たくさんの火をたいた祭りがキレイだから、最近はウワサになっているみたい。その人たちに助けを求めるの」
　……それでうまくいくのだろうか？
　でも、このままじゃ私や大和は裕一と同じように──。
　そこまで考えてふと気づいた。
「そもそも、どうして毎年誰かが死ななくちゃいけないの？」
「たしかにそうだよな。村人の一員になるための"しるし"をもらったとたん殺されるなんて、おかしいよな」
　同意してくれた大和と目を合わせた。
　そのまま広代に視線を移す。
「そもそも"しるし"の意味が違うと思う」

「違う？」
　だって、そういう説明を……。
　そこまで考えて、自分の思考回路の単純さに情けなくなった。
　説明してくれたのは村人である亜弥子たち。
　信用しちゃいけないんだ、とあらためて強く自分に言い聞かせた。
「この村は昔から神様を強く信仰していた。秋祭りでおこなわれる"しるし"は、その年の"いけにえ"を決めるためのものだったとしたら？」
「いけにえ……」
　血の気の引く音が聞こえた気がした。
　その４文字で全部の謎の説明がつく。
　いけにえにするために、村ぐるみで他の場所から転入生を毎年受け入れているんだ。
　儀式をおこなうことで、いけにえになる資格が与えられる……。
「資格があるのは結愛と大和、そして璃子の３人ね」
　広代の言葉に大和は「いや」と口を挟む。
「璃子はちがった方法でやっている。神社のお清めを左回りでやったんだ」
「そう……あなたたちは？」
「俺たちは左回りでやったあと、正しい方法の右回りをやってる」
　うなだれるようにして言った大和。

つまり、資格があるのは私たちだけってこと。
「とにかく」
　広代がそのとき初めて私の目をしっかりと見た。
「最後の儀式だけは気をつけて。それが完了してしまったら"しるし"という名の終わりがやってきてしまう。それまでになんとか逃げて」
　何度も言われたのに私は彼女の言うことを信じなかった。
　でも、今は違う。
　大きくうなずく私に、広代が少しだけほほ笑んだように見えた。

　金曜日の夕方は９月も後半だけあって、暮れてゆく空も急ぎ足に思えた。
　明日はもう祭り当日。
　先週の金曜日は、大和との作戦がまとまらず儀式をキャンセルした。
　大和の『お腹が痛い』という迫真の演技のおかげだ。
　亜弥子たちは祭りが近いこともあって困った様子だったけれど、それを観察する私にはふたりがただの殺人鬼にしか見えなかった。
「今日はなにをすればいいのかな？」
　狭い校庭でワクワクした顔を隠そうともせずに言う璃子。
　はしゃぐ璃子の声は、これまでと違って気持ちを落ち着

かせてくれるだけでなく、心を軽くしてもらっている気がする。

この間まではうとましく思っていたのに、人間って勝手なものだ。

「とにかく時間がないから、短時間で済ませてね」

亜弥子や雅美は祭りの準備に行かなくてはならないらしく、さっきからソワソワしている。

『忘れ物をした』と、わざと教室に戻って時間をかせいだときも、イライラした様子を隠そうともしていなかった。

全部、私と大和をいけにえにするため。

そんなことで村の平和が守られていると信じているなんて、やっぱりこの村は異常だ。

「これを撒くの」

亜弥子が手渡してくれたのは、この間と同じような白い粉の入ったビニール袋だった。

「塩？」

璃子が目の前に袋を持ってきて眺める。

「違う、これは砂糖」

雅美が校舎の大きな時計を見ながら言った。

「どうして砂糖なの？」

無邪気な璃子の質問にも、「どうだっていいでしょ。神様の好物なだけ」と、軽く舌打ちとともに答えている。

「でもさあ」

大和が口を開く。

今度は大和が時間を引きのばす番みたい。

「なんで校舎に撒くんだよ。神様と関係ないじゃん」
「前も言ったよ。この学校は昔、神社の一部だったって」
　腕を組んだ雅美は、亜弥子になにやら耳打ちした。
　本当に時間がないのだろう。
「これを右回りに校舎の周りに撒くの。わかった？」
　切りあげ口調で言うと、雅美は私たちを見渡した。
　行け、ってことなのだろう。
「よし、璃子がんばるぞ」
　璃子は前回、"左回り"とウソをつかれたことなんて覚えていないのだろう。
　すっかりやる気全開。
　１度間違った方法でやったから、今回はもう正しくてもいいのだろう。
「よし、行くか」
　さりげなく私を見た大和に遠慮がちな笑みで答えてから歩きだす。
　ビニール袋に入っているのはやはり砂糖だった。
「わー楽しい」
　はしゃぎながら砂糖を撒く璃子を先頭に、大和、私という順でおこなう。
　後ろからは監視役のふたりがついてきてやっぱり見張っていた。
　大和がアイコンタクトをさりげなく送ってくる。
　軽くうなずく。
　話し合った作戦どおりに実行するんだ。

「うわあ！」
 大和が大きな声をあげて派手に転んだ。
「ウソ！」
 驚いた声をあげて璃子が駆け寄ると、大和は足首を押さえてうめいている。
 亜弥子たちの意識がそちらに向いているのを確認した私は、ポケットに砂糖の入ったビニール袋を押しこんだ。
 そして、逆側のポケットから違う袋を取り出す。
 今ごろ大和も同じようにしているのだろう。
「だ、大丈夫？　大和くん！」
 まるで死ぬ間際の人に言うような悲痛な璃子の声。
 オーバーアクションもたまには役に立つってものだ。
 次の瞬間、大和はすっくと立ったかと思うと「大丈夫」と平気な顔で言った。
 袋の入れ替えが無事完了したのだろう。
 私も心配するフリをして袋の中身を確認した。
「大丈夫なの？」
 亜弥子たちの声はちっとも心配しているように聞こえない。
 事実がわかってしまうと、ふたりの優しいそぶりも、わざとらしいとしか思えない。
 村のために必死でいけにえを作り出そうとしているモンスターのよう。
「ああ。さっさと終わらせよう」
 歩きだす大和。

夕暮れはもうそこまで来ている。

「お疲れさま。そして、儀式の終了おめでとう」
　ほっとした表情なのは亜弥子。
「これで明日、"しるし"がもらえるからね」
　満足そうに言う雅美は、すぐにまた時計を確認すると「ヤバい。行かなくちゃ」と、亜弥子に言う。
「じゃあ、私たちは準備があるから。また明日ね」
　貼りつけたような笑みですぐに去っていく後ろ姿を見送った。
　これで、よかったんだ、とようやく胸を撫でおろすことができた。
　儀式を違った方法でおこなったことで、いけにえにならずに済む。
　それだけで大きな解放感があった。
　あとは、明日どうやって逃げるかだよね。
「璃子も帰るー。大和くん送って」
　その言葉をスルーする大和。
　甘い声の璃子を大和は慣れた様子であしらい、手を振った。
「バイバイ」
「もう、いじわる！」
　もっと居座るかと思ったけれど、拍子抜けするほどあっさりと璃子もいなくなり、校庭には私たちだけが残った。
「一応、反対回りでもやっておくか」

大和の提案で、残り少なくなった塩を左回りに撒く。

終わったころにはずいぶん暗くなっていた。

大和が黙って指さしたのは、この間話をしたベンチの方角。

私もうなずいて歩きだす。

ベンチに座ると、少し肌寒かった。

「なんとかごまかせたな」

いたずらっこのように笑う大和。

「だね。砂糖を塩に変えるアイデアはなかなかだったよ」

私は素直にそう答えた。

私たちは大和が転んだのを合図に、お互いが隠し持っていた塩に袋をすり替えて儀式をおこなったのだ。

「広代が最後の儀式の内容を覚えていてくれたおかげで思いついたんだけどな」

本当に、今回のことでは広代に大感謝だ。

「俺って案外、役者だろ？」

「たしかに。すごい転びかただったもんね」

クスクス笑う私に、大和もおどけた表情で答える。

ひとしきり笑ってから私たちはどちらからともなく、星が見えだしている空を見た。

「全部ウソだったらいいのに」

お父さんのことも儀式のことも、この村のことも全部リセットしたい。

願いが言葉になっていた。

「だな」

「壮大なドッキリ企画みたいな気がしてるよ。全部忘れてしまえたらどんなにいいか」
　そう言う私に、「俺のことは忘れるなよな」なんて言うから、またしてもまっ赤になってしまう。
　こんな冗談を言えるのも今日で最後かもしれない。
　それを考えると、気持ちが不安定になりそうだ。
「明日……うまくいくかな」
「たぶんな」
「私さ、足が遅いんだよね」
　走っているうちに転んだら、一巻の終わりだ……。
　なんだか緊張してきて、笑えなくなる。
　早く、早くここから逃げ出したい。
　だけど、それは大和との別れを意味している。
　ふたりで同じ場所に逃げられるなら、どんなにいいか。
　そのためならなんだってやれる。
　——ぽん。
　頭に大和の手が置かれた。
「大丈夫」
　彼の言葉があたたかい音で届く。
「……うん」
　根拠のない言葉なのに、大和に言われると大丈夫な気がしてくる。
　こんなに好きなのに、もしかしたらもう会えなくなるかもしれない。
　でも生きていればいつか逢えるはず。

そう信じたい。
「もしさ」
　彼の声。
「ん?」
「結愛が危なくなったら俺が助ける」
　その言葉に横を向く。
　大和の目が私を見ていた。
「俺が、結愛を命に代えても助けるから」
「大和……」
「約束する。結愛のことは俺が守る」
　だめだ。
　涙があふれてしまう。
　自分の気持ちはとっくに伝わってしまっているのかもしれない。
　大和の手がそのまま背中にまわり、抱き寄せられた。
　あたたかい感触にどんどん涙があふれた。
「一緒に逃げよう。そして、生きよう」
　彼のくぐもった声が届く。
「うん。うん」
　うなずく私は、そのとき本気で生きたい、って思ったんだ。

第五章
『秋祭り』

祭囃子が風に乗って流れている。
ついに秋祭りがはじまったのだ。
本番の今日は、悲しいくらいに晴れている。
笛や太鼓の音は、神社のほうから聞こえてくるみたい。
指定された服装は制服。
戸を開けて外に出ると、ちょうど社長さん夫妻も出かけるところだった。
そういえば、いつもいいタイミングでこの夫妻は姿を現す。
ひょっとしたら、どこかで私のことを監視しているのかもしれない。
「こんにちは」
ためらいながら言うと、振り向いたふたりはいつものようにそっくりな笑顔で応えた。
にこやかに見えていた笑顔も、疑惑のせいで怪しいようにしか見えない。
「やあ、結愛ちゃんもこれから?」
黒いハッピ姿の社長に聞かれたのでうなずく。
「今日は結愛ちゃんが主役だものね。おばさんも応援しているからがんばってね」
「はい」
意識してはにかんでから「あの……」と、顔をあげた。
「ん?」
ふたりそろって口を閉じたまま口角をあげる。
「お父さんに会いたいんですけれど……」

すると、おばさんは眉をひそめた。
「あら、困ったわ。さっきご飯を食べて寝たところなのよ」
「今度にしようか」
　社長も同じように困った顔で同調している。
　まだ……。
　この数日、ふたりはこのお願いに同じ答えしか返さない。
　まるでロボットみたいな受け答え。
「でも、会いたいんです」
「ごめんね。おばさんたち祭りの役員だから行かなくちゃいけないの」
　食いさがってみるけれど、もう背を向けて歩きだしてしまう。
　予想どおりだ。
　角で曲がったふたりが見えなくなるのを確認してから、こっそり家と家の間のすき間に入った。
　大きな窓の向こうにはリビングが見えている。
　きれいに掃除してあってあまり物がない印象。
「……ここじゃない」
　草をかきわけてさらに奥に進むと、カーテンの閉ざされている部屋があった。
　狭いながらもすき間があって、そこに目を押し当ててなかを見た。
　暗くてよく見えないけれど、布団にくるまった人影が見える。
　きっとお父さんだ。

ガラスを手のひらでバンバンと叩いた。
少し動いたように見えるけれど、気のせい？
さらに強く叩く。
「お父さん、お父さん！」
気づいて、気づいてよ。
お父さんだけでも、吊り橋の外に連れて行きたかった。
車のなかで待っていてもらって、私たちが逃げてきたら運転してもらえれば逃げられるはず。
もし運転できないくらい具合が悪ければ、村の外から見学に来ている人に助けてもらえばいいのだから。
だから気づいて。気づいてよ、お父さん！
「結愛、なにしてんの？」
声にハッと横を見ると、通りから亜弥子がこっちを見ていた。
「亜弥子……」
「どうしたのよ、そんなところで」
苦笑している表情に、偶然じゃないとすぐにわかる。
きっと監視されていたんだ……。
みんなで私や大和をいけにえにするために、村人たちはチームプレーをしているのかもしれない。
──ゴクリ。
つばを飲みこむけれど、まだ私が亜弥子たちを疑っていることを気づかれてはいけない。
急いで通りに出ると、私はふくれてみせた。
「お父さんたらずっと隣の家でお世話になってるの。ちっ

とも帰ってこないんだよ」
「ケンカでもしたの？」
　亜弥子が目を細めたので、大げさにため息をつく。
「そうなの。家出とかありえないよね。どっちが子供かわかりゃしない」
「あらあら」
　声を上げて笑う亜弥子は、演技とは思えないくらい自然に笑えている。
　……ウソつき。
　心の声に耳をふさいで、今は私も演技に集中するときだ。
「まだ早くない？」
　実際、まだ日が暮れはじまったころ。
　"しるし"をもらう式典には少し時間があった。
　その間に脱出ルートである吊り橋の様子を見にいきたかったのに。
「屋台がたくさん出ているの。今日は式典に参加したら行けなくなるから、その前に見学しようよ」
「屋台？」
「たこ焼きとか、わたあめとか……。腹が減ってはなんとやら、でしょう？」
　いいことを思いついたとでもいうように目を大きくする亜弥子に、私もにっこりと笑った。
　亜弥子はいけにえになる私と最後の思い出を作ろうとしている、ってことなのかも。
「雅美は？」

歩きだした亜弥子に並んで、共犯者と思われる名前をさりげなく出すと、亜弥子は肩をすくめた。
「宮司の娘だもの。いろいろ手伝いがあって、さすがに神社から出られないみたい」
　たしかにそうだろうな、と納得。
　神社にとっては年に１度の大きなイベントなのだから。

　神社に着くと、そこには大和と璃子がいた。
　ホッとしたような顔をした大和は、私の目にはなんだか少し大人に映った。
　反面、なぜか璃子は……。
「ちょっと璃子、なんで浴衣なのよ」
　亜弥子が指さすと、水色の花模様の浴衣に身を包んだ璃子は首をかしげた。
「だって、浴衣のほうがかわいいから」
「今日は制服で参加だって言ったよね？　それに、夏祭りじゃないんだよ？」
「えー。璃子、浴衣でデートするのが夢だったんだもん。制服じゃないと本当に"しるし"はもらえないの？」
　すねたそぶりで言う璃子。
「決まりなの」
「それって絶対なの？　それとも強制ではない感じかなあ？」
　しつこい璃子に、まだなにか言おうと口を開いた亜弥子だったが、プイと横を向いた。

「もう勝手にすれば」
　亜弥子にしては珍しく、切り捨てるような言いかただった。
　それくらい、秋祭りが始まったことで余裕がないのかも。
　どちらにしても資格のない璃子だしね。
　なにも知らない彼女が心の底からうらやましい。
「わーい。やったぁ」
　能天気な璃子は、キャッキャッとはしゃぎながら大和の腕をとった。
「じゃあ、大和くん行こう」
「は？」
　するりと腕を抜いた大和は、「ひとりで行けよ」と、冷たい言葉を投げた。
　だめだよ、イライラを見せちゃ。亜弥子に疑われるから。
　それから大和はなぜか私の隣に立った。
「亜弥子、まだ時間あるんだろ？」
「え、うん。1時間ちょっとくらいはあるかな」
　きょとんとしながら答える亜弥子に、大和はうなずいた。
「じゃあちょっと結愛を借りるわ」
「えっ」
　驚きの声をあげた私を見ようともせず、大和は私の肩を抱いてくる。
「……なんで結愛なの？」
　口をあんぐりと開けた璃子が信じられない、といった表情になっている。

亜弥子を見やると、彼女はあたたかくほほ笑んでいた。
「ええ、もちろんよ。行ってらっしゃい」
「サンキュ」
　大和に引っ張られるように境内に足を踏み入れる。
　振り返ると「璃子も行く！」と、叫んでいる璃子の手を、亜弥子は逃すまいとつかんでいた。
　なに、いったい。亜弥子は私を見張らなくていいの？
　どうなっているの……？
　近くで感じる体温に息がうまく吸えていない。
　しばらく歩くと、ようやく大和は肩に回した腕をほどいて笑った。
「思い出を作ろう」
「もう……絶対怪しまれているよ」
　文句を言いながらも、確実に私はうれしそうな顔をしているんだろうな。
　境内に入ると、参道には祭りの風景が広がっていた。
　【お好み焼き】や【かき氷】と書かれた屋台からはいい香りが漂っている。
　まだ暮れない空に、すでに提灯が灯っていてどこか幻想的な雰囲気。
　たくさんの村人がみんな笑顔で歩いている。
　こんな状況じゃなかったなら、ワクワクしただろうな。
　──ウー、ウー。
　遠くでサイレンが鳴り、もうすぐ日暮れであることを教えてくれる。

祭囃子や村人の話す声、屋台の呼びこみの声でヘリコプターの音は聞こえてこない。
　たぶん村の人は、ほとんどここに集まっているのではないだろうか。
　お揃いの黒いハッピに身を包んだ集団をかきわけて進んだ。
「おっ、リンゴ飴(あめ)だ」
　大和が私の手を引っ張って黄色い看板の屋台に連れていく。
　棒に刺さった赤いリンゴがいくつも、光沢(こうたく)を放って並んでいた。
　暮れゆく空よりもまっ赤な色が、宝石みたいだった。
「買ってやろうか」
　なんて言ってくる大和に、「いいよ」とすぐに断ってしまった。
　それは、なんだか悲しくなったから。
　こんなに輝いている時間なのに、これが大和との最後の思い出になってしまうかもしれない。
　そんなこと、信じたくなかった。
　すると、屋台のおじさんがひとつ私に差し出してきた。
「はい、プレゼント」
「え？」
　目を線にして笑ったおじさんは、
「今日の主役にはサービスしないとね」
　そう言った。

受け取ったリンゴ飴は、ずっしりと重くて甘い香りがした。
「あ、ありがとうございます」
　お礼を言って再び歩きだした。
　右を歩く大和の顎のラインをこっそりとのぞき見ると、少しだけ笑っていた。
「聞いたか？『主役』だってさ」
「だね」
「なんの主役なんだか」
　抑えきれない様子で笑う大和につられて私もクスクス笑った。
　秋祭りの屋台の列はすぐに終わり、おみくじ売り場の近くのベンチに座った。
　遠い空に赤い夕陽が落ちていく。
　風がリンゴ飴の包み紙をガサガサ鳴らして、また少し笑った。
　そうしてから、もっと悲しくなった。
　こんなに、あなたのことを好きになったのにもう会えないかもしれない。
　私たちに明日は来ないかもしれない。
　砂時計はもう少しで全部の砂を落としてしまう。
　……それでも、また会えますか？
　潤んだ視界の隅で、大和が私を見るのがわかった。
　彼は言う。
「好きだよ」

と。
　ふっと笑ってから、小さくうなずいた。
「私も、大和が好き」
　ぽつり、と涙がこぼれた。
　膝の上ではじけた滴が紺色(こんいろ)のスカートに小さな染みを作った。
「好きなのに、なんで泣くの？」
　そう言う大和の目にも涙が光っていた。
　無理して男らしく見せているんだね。
　そういうところも大好き。
　だけど、今日私たちは神様への贈り物になるかもしれない。
　いけにえ、という形で。
　終わりが近いかもしれない人生のなか、最後の幸せをかみしめるように目を閉じた。
「もし、違う形で出逢えていたら、もっとよかったのにね」
「お別れみたいなこと言うなよ」
　ゆっくり目を開けると、唇をかんで、それでも頰に涙を伝わらせている大和。
「そうだよね。また、会えるよね」
「会えるよ、きっと」
　山々の向こうに夕日は落ち、山すそをほのかに赤く照らしている。
　流れるうろこ雲も、やがて見えなくなるのだろう。
「今からでも逃げるか？」

大和の問いに、少し迷ってから首を振った。
「儀式を間違ってやったのだから、大丈夫なはず」
　そう、私たちに資格はないのだから。
「じゃあ行こうか」
　なんでもない口調の大和に続いて立ち上がった。
　今、式典がはじまろうとしている。

　本堂の前に雅美のお父さんが立ち、その横には雅美と亜弥子が並んでいる。
　正面に立つのは、私と大和とまだ怒っているらしい璃子。
　風がさっきより強くなっている。
「早く帰りたい」
「……すぐに帰れるよ」
　唇を尖らせて言う璃子に、そう願いをこめて励ました。
「結愛ちゃんとはしゃべらないもん」
　プイ、とそっぽを向いた璃子。
　彼女だけがこの村で正直に私と話をしてくれる女の子だったのかもしれない。
　神社のなかは、いくつものたいまつが柱にくくりつけられ、炎を生んでいた。
　幻想的な雰囲気、というよりも恐怖でしかない。
　どんどん暗くなる空に、いよいよそのときが来ることを知る。
　私たちの周りにはたくさんの村人がいた。
　みんなが見ているのは私と大和と璃子。

今年のいけにえが誰になるのかを楽しみにしているようで、顔には社長夫妻と同じような笑みがたくさんあった。
　たいまつの炎で照らされる顔はどれも不気味で、私は足元だけを見ていた。自分の影も不安定に揺れている。
「そろそろ時間です」
　いつもと比べて改まった口調の雅美は、今日は白い巫女の格好をしている。
　緊張しているのか、濃い化粧に笑みは見られなかった。
「では、３人は前へどうぞ」
　雅美のお父さんである宮司の声。
「はあい」
　その声に反応した璃子が、気の抜けた返事で１歩前へ進んだ。
　遅れて私たちも。
「結愛」
　小声で、だけど鋭く大和が言う。
「もしも不測の事態が起きたら逃げるんだ」
「うん」
　口を動かさないようにして答えた。
「逃げたら立ち止まらずに吊り橋へ行くんだ」
「うん」
　周りに気づかれないようにうなずいた。
「看板の後ろにある茂みに隠れて」
「わかった」
　──ブォォー。

どこからかほら貝を鳴らしたような音がした。
　それとともに、本堂のなかに明かりが灯った。
　まぶしい光が足元まで浸食してくる。
「では、これよりきみたちに村人の証である"しるし"を与えます」
　宮司は厳粛な声を出し、それから雅美を振り返った。
　ゆっくりとした動きで雅美が運んできたのは、小さな台に載せられたもの。
　それを私たちの前に置くと、静かに礼をして元の位置に戻る。
　すっと息をすった宮司が言う。
「古くから、この地は神様によって守られてきました」
　じとっとした目で私を見る宮司。
　台に置かれたのは、火のついていないたいまつと、まだ実っていない稲の穂。そして、白い粉。
　これが、あの言い伝えの【火と野、粉を捧げし】の部分なのだろう。
　野というと、野菜のほうがぴったりくるように思えるんだけど。
　いや、たしか野菜って言ってなかったっけ……？
　亜弥子と目が合う。
　きっともうすぐ彼女の言いつけによって、璃子がはずされる。
　そうすれば私と大和だけが残るんだ……。
「ここにいる3人を村の子と認め、式典をおこないます」

宮司の声に、亜弥子の声を待った。
　あれ……？
　亜弥子も雅美もなにも言わない。
　だって璃子は村の子と認められないんじゃないの？
　あの日、私たちがだましたことで、璃子は左回りに掃除をしたはず。
　だとしたら……。
「あなたたちに"しるし"をあたえましょう」
　宮司の声にわっと歓声があがったかと思ったら、拍手が起きた。
「待って……」
　つぶやく声は誰にも届かない。
　これじゃあ３人で逃げなくちゃいけなくなる。
　璃子は浴衣姿だから、絶対に逃げきれないよ。
　拍手の音のなか、心臓が押しつぶされそうに痛くなってくる。
「おかしいだろ！」
　突然の大声は、隣にいる大和から発せられた。
　――しん。
　音をなくした境内にたいまつの燃える音がパチパチと響いた。
「だって、璃子は儀式をきちんとやっていないはず」
　大和の声に、私もうなずいた。
　璃子はぽかん、としているだけで状況がわかっていないみたい。

「……どうしてそう思うんだい?」
　宮司さんの声は低かった。
「だってさ、璃子は神社の掃除を左回りにやったんだぜ。それは違反だろ?」
　臆することもなく言う大和に、宮司は後ろにいる亜弥子や雅美を見た。
　前に進んだ亜弥子が鼻から息を吐いた。
「大丈夫よ。儀式のふたつめ、『神社のお清め』は左回りが正解だから」
　そうしてから彼女は口元をゆがめて笑った。
「……なんだよ、それ」
　大和がいらだった声に変わる。
　なにかがおかしい。
「君たちは知らないのかな?　この村の言い伝えを」
「知ってるに決まってんだろ。だいたいあんたが説明したんだろ。"右回り"って!」
　叫ぶような声になった大和も、ようやく事の次第に気づいたよう。
　愕然とした表情に変わってゆく。
「結愛ちゃん、言ってみなさい」
　命令口調で言う宮司に、私は催眠術に導かれるように口を開いた。
「それは……『秋深き夕刻　永神様に右回り　火と野、粉を捧げし　さすれば安楽の地となり』です」
　ああ、というため息が周りで起きた。

どの村人の顔も、困ったような表情を浮かべている。
なに、なにが違うの？
宮司は首を振ると、
「雅美、訂正して差しあげなさい」
と、まるで楽しんでいるような口調で促す。
「はい」
亜弥子の隣に並んだ雅美は、じっと私を見た。
「正しくは『秋深き夕刻　永神様に左回り』です。あなたたち３人はあの日、左回りにまず掃除をしました。だから、間違ってはいないのです」
そんな……。
最初から、璃子をだますつもりなんてなかったんだ。
だまされていたのは、私たちのほう？
「校舎も本当は左回りにやるの」
愕然とした表情をしているであろう私に雅美は言葉を重ねた。
「え……」
「だけど、結愛、いったんは右回りでやったけれど、そのあと大和とふたりで左回りにまいてくれたものね。えらかったよ」
みんながいなくなったあと左回りでやり直したのを見られていたんだ……。
でも、璃子は先に帰ったからやってないはず。
なにがなんだかわからないよ。
だけど、だけど私たちには切り札がある。

「でも、私と大和は最後の儀式で砂糖ではなく、塩を撒きました」
　とっさに口にしていた。
　璃子には悪いけれど、これで私と大和は脱落することになるだろう。
　亜弥子のこめかみがピクンと動いたように見えた。
　周りからもざわっとした声が聞こえ、それは波のように広がってゆく。
「璃子はどうなの？」
　璃子のそばに行った亜弥子がその髪に触れた。
「璃子はねぇ、砂糖を撒いたよ。だって、渡されたんだもん」
「そう……」
　亜弥子が雅美を振り返ってうなずいてみせた。
　背筋を伸ばした雅美は、璃子に言う。
「残念だけど璃子は儀式を間違えたみたい。本当の言い伝えでは"塩"を撒くのが正解なのよ」
「えええぇ？」
　すっとんきょうな声を出した璃子に、雅美は残念そうな顔をしている。
　……ちょっと待って。
　今、なんて言ったの？
　だってあのときは『砂糖を撒く』って説明していたはず。
　パニックになりそうな頭で大和を見た。
　彼も驚愕の表情を隠せずにいる。
「それに璃子は校舎も右回りに回っていたしね」

亜弥子がクスクス笑うと、なぜか璃子も同じように笑い出した。同じように宮司も、そして村人も笑い声を上げた。
「うん。右回りに砂糖を撒いたから、璃子は失格なんだよね」
　いったいどうしたの……？
　展開についていけなくて、頭がクラクラしている。
「でもねぇ、璃子は村の子だもんね？」
　こんなときなのにふざける璃子。
　それなのに、亜弥子が「そうね」とうなずくから意味がわからない。
「だって璃子は、転入生じゃないし。もともと住んでるしぃ」
　歌でも歌っているように高い声を出してから璃子はキャッキャッとはしゃいでいる。
　そうしてから、はたりと動きを止めた。
「つまりはさぁ」
　アニメみたいな甘い声を出した璃子は、私の顔に近づくと、急に目に力をこめた。
　顔つきが変わり別の人のように見えたと思ったら――。
「あんたたちの負けってこと」
　まっすぐに私たちを指さした。
　その声はいつもの声じゃなく、低く鋭い声だった。
「璃子……？」
　乾いた声の私に、「ククク」と喉の奥で笑った璃子は、髪のツインテールを乱暴に解いた。
「ったく、こういうキャラ疲れるんだけど？」
　肩をコキコキと鳴らしながらけだるそうに言う。

苦笑している亜弥子が、「お疲れさま。なかなかのものだったよ」と、言ってから私を見た。
　悪魔のような笑み。
　そう例えるのにピッタリな邪悪(じゃあく)な顔。
「じゃあ、最初から俺たちをだまして……？」
　尋ねる大和の顔をのぞきこんだ璃子は「当たり前じゃん」と、鼻で笑った。
「あんたみたいなヤサ男、ほんとに好きになるなんて思ったわけ？」
　ニヤリと笑った璃子はゆっくりと歩いて雅美のそばに立った。
　これは、悪い夢だ……。
　味方だと思っていた璃子が、村人だったなんて……。
「さぁ、これで君たちだけが"しるし"をもらえるんだよ」
　宮司の声にハッとする。
　このままじゃ、私と大和がいけにえにされてしまう！
　そのときだった。
　大和が私の手をつかんだのだ。
　急に走りだした大和は、そばにあったたいまつを柱からもぎとると振りまわした。
「お前らどけ！」
　大きく弧(こ)を描く炎に、村人が悲鳴をあげて一気にあとずさった。
「結愛、こっちだ！」
　引っ張られるまま私も走った。

砂利道に出ると、さっきまでにぎわっていた屋台に人の姿はなく電気すらついていない。
　神社を飛び出るとそのまま暗い坂道を駆けた。
「待て、止まれ！」
　道に飛び出てきた村人の男性を大和ははねのけた。
　だけどすぐに次の人が襲いかかってくる。
「クソッ！」
　棒を振りまわして応戦した大和が私に叫ぶ。
「行け！」
「大和っ！」
「いいから、行けっ！」
　頭がジンとしびれた。
　必死で脳に指令を出す。
　転がるようにして私はまた駆けた。

　――ウウー、ウウウウウー。
　サイレンが夜の闇を切りさくように叫んでいる。
　これはヘリコプターが来た合図じゃない。
　私たちを捕獲しろ、と命令しているんだ。
　音から逃げるように、必死で走り続けた。
「早く、早くっ」
　激しく揺れる視界に、ようやく吊り橋が見えてくる。
　幸い、吊り橋の前に人の姿は見えなかった。
　待ち伏せもされていないようだけど、追いつかれるのは時間の問題だろう。

さっき大和に言われたとおり、看板の後ろにある茂みに飛びこんだ。
　体全体が地震でも起きているかのように震えている。
「早く、早くっ……」
　大和の姿を求めて必死で祈った。
　恐怖で悲鳴を漏らしそうになるのを、血が出るほど唇をかんで耐える。
　――ウウー、ウウー。
　騒ぐサイレンに頭が割れそうになる。
　もし、大和が捕まったらどうすればいい？
　涙があふれた。
　恐怖の涙は、泣くほどに震えが襲ってくるよう。
「……ああ」
　ふと、気づくとサイレンは消えていた。
　虫の声が聞こえるなか、静かになった周囲は逆に怖さだけが残っているよう。
　――ヒタ、ヒタ。
　足音が聞こえた。
　まっすぐに私に近づいてくる。
　イヤ。
　お願い、助けて。
　――ヒタ、ヒタ。
　大和、助けて！
　ガサガサという草をかきわける音に続いて、腕をつかまれた。

「いやあああ!」
　思いっきり叫んだ私。
「バカ。大きな声出すな!」
　振り向くと、大和の顔が近くにあった。
　額から血が流れている。
「大和!」
「落ち着いて、大丈夫だから」
　シーッと唇に人さし指を当てた姿に我に返った。
　ああ、無事だったんだ。
　うれしくて号泣してしまいそう。
「大和、ケガをしてる」
「大丈夫。それより、早く橋を渡ろう!」
　言われるがまま、急いで茂みを飛び出すと橋へ向かった。
　橋さえ渡れば、なんとかなるはず。
　吊り橋まで来た私は、勢いそのままに渡ろうと——。
　足が、止まる。
「ああ……」
　ため息とともに声を出した私と大和。
「ウソだろ……」
　大和がつぶやく。
　橋は、そこになかった。
　正確に言えば、橋の上半分だけが残っていた。
　手すりから下、足場の部分が取りはずされていたのだ。
　まっ暗な闇が足場からのぞいている。
　——キィ、キィ。

不気味な音をたてて揺れている骨組みが、死刑を宣告しているよう。
「そうか、だからか……」
　大和がゆっくりと私を見る。
「どうし……たの？」
　ショートした頭ではいろんなことが考えられない。
「どうりで見張りがいないはずだ。ここから逃げられないのがわかっていたんだよ」
　たしかに、ここには誰も追ってきていない。
「どうしよう……」
「あいつら楽しんでいるんだ。俺たちを捕まえることを」
　座りこんでしまいそうになる私を大和が支えた。
　もう、だめなの？
「おーい。誰かいませんか？」
　暗闇に声をかける大和だったけれど、声はこだまになって闇に溶けてゆく。
　そんな……。
　見学者が来るって言ってたのに、それもウソだったの？
　私たちはこのまま捕まってしまうの？
「あきらめるな」
「でも……」
「一緒に生きよう、って約束したろ」
　ハッと顔をあげた。
　大和は、気丈に笑って全力で私を励まそうとしてくれているんだ。

弱気になっている場合じゃない、と私も大きくうなずいた。
「なぁ、スマホ持っているか？」
　大和の声に、うなずく。
　たしか、制服のスカートのポケットに入れてきたんだった。
「じゃあ、祠へ行こう」
「祠へ？」
　大和は輪郭だけが見える山を見やった。
「山の上なら電波を拾えるかもしれない」
「でも」
「もし無理でも、ひょっとしたら山の向こう側におりられるかもしれない」
　すごい、と思った。
　こういう状況でも必死で生きる道を考えてくれている大和を抱きしめたい気持ちでいっぱいだった。
　私ひとりでは、きっと諦めていたかも。
「うん、行こう」
　うなずいた私は、あきらめかけていた希望を取りもどしたんだ。
　歩きだそうとしたときだった。
「やあ」
　声が聞こえて体が硬直した。
　この声を……私は知っている。
　ゆっくりと振り返ると、そこには……。

「結愛ちゃん、こんばんは」
　社長夫妻が笑顔で立っていた。
「社長さん……」
　震える声が情けないけれど、もうだめだという絶望がまた襲ってくる。
　ふたりはニコニコとした笑顔で近づいてくる。
「さ、戻りましょう。みんな待っているのよ」
　両手をゆっくりと伸ばして足を前に進めるおばさんは、まるで映画で見たゾンビのよう。
　ゆらり、ゆらりと近づいてくる。
「イヤ……来ないで」
　そう言うのが精いっぱいだった。
　あとずさりをした私の腕を大和がつかんだ。
「それ以上さがると落ちる」
　足元を見ると、すぐ後ろには地面も橋の板もなかった。
　まっ黒な穴が、私を待ちかまえている化け物の口のようにぽっかり開いている。
　吹き上がる風の音は、化け物のうなり声。
「結愛、合図したら女のほうに体当たりしろ」
「でも」
「いいから、やるんだ」
　小声で言う大和は、手に持った炎の消えたいまつをバットのように構えた。
「カウントダウンいくぞ」
　その声に、決心をした。

このままだと捕まるのは確実だし、とにかくやるしかないんだ。
「3、2」
　風に消えそうな声で言う大和の「1」の合図に、思いっきり飛び出した。
　ニコニコしたままのおばさんに体ごとぶつかる。
「ガ」
　と、いう奇妙な音を出しておばさんは地面に転がった。
「大和！」
　振り向くと、彼がたいまつで社長を殴る瞬間だった。
「グフッ」
　社長が笑顔のまま崩れる。
「右の茂みに隠れろ！」
　短い声が私を走らせた。
　飛びこんだ茂みで、体中が切れたような痛みに襲われる。
　だけどそんなこと言ってられない。
　すぐに顔を出すと、まっ暗な世界で大和がたいまつを振りおろすのが見えた。
「ギャアアア」
　断末魔の叫び声に、なにかが折れるような音が重なった。
　やがてその声がしなくなっても、シルエットだけの大和は何度も何度もたいまつを振りおろしている。
　砕けるような音が、ずっと闇に響いていた。

　大和の提案で、もと来た道は避けることにした。

遠回りだけど、草むらをかきわけて山の斜面を目指していく。
　いつの間にかのぼっていた月は丸く、行く道を頼りなく照らしていた。
「大丈夫？」
　さっきから無口のまま前を行く彼に声をかける。
「ああ」
　そう言った大和は、そのまま数歩進んだかと思うと、カランととっくに炎を失ったたいまつを投げ出して止まった。
「……大和？」
　隣に並ぶと、大和はゆっくり首を振った。
「……震えが止まらねぇよ」
　両手を見ると、本当に小刻みに震えている。
「当たり前だけど、人を殺したんだな、って……」
　そう言ってまた歩きだす。
「うん。うん……」
　言葉は無力だ。
　私のせいで、大和は人をその手で殺めてしまった……。
　その背中に抱きついた。
「進もう」
　顔をうずめて言うと、回した腕に大和は自分の手を重ねてくる。
　汗ばんだ手があたたかい。
「だな」

もう、大和の手から震えは感じられなかった。
　山道を進んでゆくうちに、いつの間にか階段の途中に出くわした。
　この階段をあがれば祠にたどり着くはず。
「しゃがんで」
　鋭い大和の声。
　動けない頭を押さえつけられてくずれると、たいまつの炎が階段からかけおりてゆく。
「いません」
　そう言う男性が持つ機械のようなものから、雑音まじりの声聞こえている。
『吊り橋で社長夫妻が死んでいる。至急戻れ』
　これは、トランシーバーだろうか？
「了解」
　目の前を通り過ぎてゆく村人を見送った。
　じっと耳を澄ますけれど、人の気配は感じられない。
　それでも数分そこで待ってから私たちは再び階段を駆け上がる。
　前に祠に向かったときは、まさかこんなことになるなんて思いもしなかった。
　ようやく階段を登りきると、眼下にいくつもの光が見えた。
　あれは吊り橋のあたりだろう。
　闇に揺れ動く小さな灯りは、まるで火の玉みたい。
　たいまつを持った村人が集まっているのだろう。

ポケットからスマホを取り出す。
まぶしい光に目を細めて電波を確認した。
【圏外】
その文字が表示されている。
諦められなくて、宙にかざしたスマホを手に右に左へ歩く。
だけど……。
「もういいよ」
そう言った大和の声に、腕をおろした。
どこに行っても、表示は変わってくれなかった。
「きっと、山を越えれば電波が届くはずだよね」
自信の持てない言いかたに、
「ああ。それに期待して、早く山を越え――」
言いかけた言葉を大和がのみこんだ。
どうしたんだろう、と思った私に大和が言った。
「こんなとこに看板なんてあったっけ？」
「え？」
見ると、祠の入口に看板が立っていた。
たしかにこの間登ったときには気づかなかった。
というか、なかったと思う。
スマホのライトをたよりに書かれた文字を見る。
「なんだ。村の言い伝えか」
吊り橋にある看板と同じ文字が並んでいた。
それより早く山を越えなくちゃ。
……あれ？

違和感があった。
　もう一度画面を点灯させて文字を読む。
　言い伝えは、もう暗記している。
　——秋深き夕刻　永神様に右回り　火と野、粉を捧げしさすれば安楽の地となり。
　しかし、看板に書かれた文字は覚えていたそれとは違っていた。

【秋深き夕刻　永神様に左回り　人の子を捧げし　さすれば安楽の地となり】

「人の子……」
　つぶやく声に、大和もすぐ後ろから息遣い荒く眺めている。
「"火と野と粉"じゃなかったんだな。"人の子"かよ……」
　やはり、という思いしかなかった。
　恐れていたこと、ううん、薄々わかっていた事実をあらためて突きつけられた気分。
　——いけにえ。
　まさか、とは思っていたけれど、この現代社会でこんなことをする風習があるなんて……。
「よし、山を登るぞ」
　大和の声にハッとした。
　先を急がなくては。
　頂上付近に目をやった私は、思わず「ああ」とつぶやい

ていた。
　遠い山頂付近にいくつものたいまつが揺らめいていたから。
　もうこんなところまで追手が来ていたのか……。
　同じように大和もそれを確認すると、舌打ちをした。
「クソッ」
　絶体絶命。
　その文字に打ち砕かれそうな気持ちをこらえる。
　ここでくじけてはだめ。
　生き延びるためにも、大和みたいに私も考えなくちゃ。
　これまでのことを考える。
　どこかで村の外に逃げられるヒントがなかったか……。
　たくさんの顔が走馬灯のようによぎった。
　亜弥子、雅美……。
　あんなに一緒にいたのに、彼女たちは友達ではなかった。
　疑う時期が早かったので、私のほうが有利なはず。
　ふと、祠の入り口を見た。
「そういえば……」
　見上げるとたいまつの炎が少しずつこっちにおりてきている。
　迷っている暇はない。
「大和、祠に入ろう」
「そんなことしたら袋のネズミだろ」
　眉をひそめた大和に、彼の手を握った。
「ここにいたら捕まっちゃう。だから、お願い」

しばらく大和は私の手を見ていたが、やがて月明りの下で笑った。
「わかったよ。結愛を信じる」
「保証はないけどね」
　手を引いたまま祠のなかに入った。
　頼りなくついているライトの真んなかに、あの日お供えをした祭壇があった。
「ここじゃすぐ見つかっちゃうだろ」
「うん」
　そう言って、祭壇の後ろにまわった。
「ほら、ここに扉があるの」
「ほんとだ」
「お供えをみんなでした日に見つけたの。扉を開けようとしたら亜弥子に止められたんだよね」
　あの日の亜弥子の態度は、今思うとおかしかった。
　まるでこのドアに気づいてほしくなかったかのように、私を遠ざけた。
　ということは……。
　ドアを引く。
　──ギイイィ。
　鉄がきしむ音がしてまっ暗な空間が現れた。
「きっとここから外に出られるんだよ。だから亜弥子は教えてくれなかったのだと思う」
　大和の返事はない。
　スマホをつけると、電波を探し続けているせいか電池の

残量は残り少なくなっていた。
　なんとか持ってくれるだろうか。
「とにかく、ここをおりよう」
　そう口にしたとき、つないだ大和の手が濡れていることに気づいた。
　ぬるっとした感触、そしてつないだ手が離れる。
　目の前に自分の手を持ってきて、気づく。
　手のひらがまっ赤に染まっていたのだ。
「え……」
　振り向いた私は、ゆっくりと大和がその場に崩れていくのを見た。
　糸の切れた操り人形のように地面に横たわった大和。
　その向こう側に立っていたのは……。
「だから早く逃げろ、って言ったのに」
　——広代だった。
「ウソ、なんで、なんで……」
　動かない大和の周りの地面に広がるこれは……彼の血なの？
　口元に笑みを浮かべた広代が手にしていたのは、大きなサバイバルナイフ。
　その刃先から、黒い液体がしたたっていた。
「大和を……刺した、の？」
「そうなるね」
　ふふ、と笑う広代が信じられない。
「だって、だって……。広代は私たちを助けてくれていた

んじゃ……」
「そういう役回りだったけどさ、結局逃げなかったでしょ？」
「役回り？」
「そう。あんたに逃げるチャンスを与える役。あれほど忠告したのに、本当にバカだね」
　クスクスと笑った広代は、それから腕を伸ばして刃先を私に向けた。
「ゲームオーバー」
「なにそれ……」
「転校してから今日まで、全部『いけにえゲーム』だったんだよ。逃げられればあなたたちの勝ち、村に残れば負け。それだけのゲーム」
　ふう、とため息をついて広代は私を見た。
「おしかったね。村から逃げるチャンスはたくさんあったし、脱出ルートまで見つけられたのにね」
「じゃ、じゃあ美香子さんも……」
「あれは本物。ゲームの登場人物にはなかったんだけど、使えそうだから生かしておいたんだよ。でも、やっぱりジャマになっちゃったからさ」
　だから、殺したってこと？
「広代は、転校生じゃ……なかったってこと？」
　あはは、と声に出した広代は、
「あいかわらずどんくさいね。美香子もすっかり私を信じてたよ。ほんと、バカなヤツ」

と、顔をゆがめて笑った。
「なんで……なんでこんなことするのよ。ひどすぎるよ！」
　人の命を奪っておいて、それをゲームだなんてあんまりだ。
「仕方ないのよ。この村はこうやって生き延びてきたんだから」
　なんでもないような口調でそう言う広代は、あわれむような目を向けてくる。
「いけにえを信じているなんて、どうかしてるよ」
「そう？　でも昔、いけにえを差し出せなかった年は、この村では疫病が大流行したのよ。それ以来、村人はいけにえを必ず見つけているの。まぁ何十年も前のことみたいだけどね」
　クスクスと笑う広代は「それに」と続けた。
「チャンスを活かさなかったのはあんたでしょう？」
　――ザッ。
　足を前に踏み出した広代がナイフを構えた。
「どちらにしてもいけにえは必要だった。だから、最初から勝ち目はなかったんだけどね」
「私を、殺すの？」
　あとずさりをしながらあたりをうかがう。
　戦えそうな武器はなにもない。
　ドアを開いた先に飛びこんだら、逃げられるのだろうか。
　いや、きっとすぐに追いつかれるだろう。
「安心して、殺さない程度に傷つけるから」

「……やめて」
「残念だけど、これで終わり」
　右足で大和を蹴った広代が笑う。
「これは死んじゃったからいけにえになれないでしょ。だから、結愛、あんたが今年のいけにえだよ」
　まるで物のような言いかたに、頭がまっ白になっていく。
　そのとき、足元の大和が少し動いたように見えた。
　まっすぐに私を見ている広代は気づいていない。
「抵抗しないでね。間違って本当に殺しちゃいそうだから」
　ナイフを振り上げる広代。
　もう、終わりだ。
　私はここで死ぬんだ。
　いや、傷つけられ連れていかれて、いけにえになるなんて！
　次の瞬間、大和がすばやい動きで立ち上がると広代に激しくぶつかった。
「ギャア」
　もつれながら転倒するふたり。
「大和っ！」
「行け。結愛、逃げろ！」
「大和！」
「逃げろ、早くっ！　お前だけでも生きるんだ！」
　ジンとしびれた頭が『逃げろ』と指令を出す。
　スマホのライトを点灯させると、私は扉を開けて暗闇に飛びこんだ。

階段を照らしながら階段を転がるように駆けおりる。

必死で走るけど、頭のなかはショートしている。

考えるのは同じことばかり。

大和を置き去りにした。

大和を見捨ててしまった。

それだけだった。

息が切れ、それでも長い階段は途中で平らな道になったり、少し上ったりしながらも続いていた。

——ピーピー。

機械音が耳に届く。

それは手元のスマホから鳴っていた。

電池が切れる合図。

「待って、もう少し。もう少しだけ持って」

つぶやきながら急ぐ。

終わりのないように思える階段をもう少し、もう少しだけ先へ——。

——ピ——————————。

長い音が響き渡ったと思った1秒後、光は全部消えた。

止まらない足が宙を踏みしめようとし、気づいたときにはバランスを崩していた。

「きゃあああ」

ぐらん、と世界が回ったかと思うと強い痛みが体を襲う。

体勢を立て直すこともできず、私は階段を転げ落ちていく。

ごめんね、お父さん。

やっぱり助けてあげられなかった。
　ごめんね、大和。
　あなたを置いていってしまった。
　最後に痛みを感じた瞬間、世界はまっ暗な闇に塗られていった。

　誰かのうめき声が聞こえる。
　ゆっくり目を開いても視界にはなにも映らない。
　まっくらな闇のなかで、私は倒れているようだった。
「うう……」
　声は私の口から発せられているみたい。
　起き上がると全身にひどい痛みが駆けぬけて悲鳴が出た。
　吐きそうなほどに頭痛がしている。
　勢いよく階段を落ちたのだろう。
「夢じゃなかったんだ……」
　目が覚めたら全部ウソになっていればよかったのに。
　手に触れるコンクリートの感触に、まだ悪夢は続いていると落胆(らくたん)した。
　静かに息を殺してあたりの様子をうかがってから、痛みに耐えながら起き上がってみる。
　広代は追ってきていないみたい。
　もしかしたら大和が倒してくれたの？
　それなら大和が来てもいいはずなのに……。
「大和……いるの？」

狭い空間なのか、声が反射して響いた。
不安が涙をあふれさせる。
大和に会いたい。会ってふたりでここから逃げたい。
それでもここで待つのは危険すぎる。
目をこらしてもなにも見えない世界で、ゆっくりと足を踏み出した。
ひんやりした壁に両手を当てながら、しっかりと階段を確認しながらおりていく。
「……っ」
痛みで意識を失いそうになりながらも、なんとか前へ。

どれくらい下りたのだろう？
やがて、遠くに薄い光が見えてきた。
入り口と同じようにどうやら扉があるらしく、そこから漏れているようだった。
あと少し。
あと少し、とはやる胸を押さえながら足を進める。
今にも誰かに肩をつかまれそうな、イヤな予感しかしない。
ようやく扉の前に立った私は息を整えた。
全速力で走ったあとのように苦しい。
けれど安心するのは早い、と気を引きしめる。
ドアに耳を当てて向こう側の様子をうかがった。
——リンリーン。
虫の声が聞こえている。

やっぱり、外に出たんだ。
張りつめていた気持ちがパチンとはじけた。
これで、助かったんだ……。
待っててね、大和。
私がきっと助けるから。
ドアのノブに手をかけると、私は静かに扉を開いた。
光が私を包むなか、私は強く思う。
絶対に生きてここから逃げる、と。

『エピローグ』

まばゆい光に目をこらす。
すぐに違和感が私に疑問を投げかけた。
……どうして夜のはずなのに明るいの？
数歩前に出ると、そこは外ではなかった。
目の前には亜弥子と雅美がいた。
亜弥子の手にスマホが握られている。
──リンリーン。
そこから虫の声が聞こえている。
たくさんの村人が輪になってドアをとり囲んでいた。
「え……」
ここは、神社の本堂のなか。
あの日、儀式の説明を受けた場所だった。
「お疲れさま」
亜弥子がニッコリと笑っていた。
雅美も瓜二つの笑顔。
すぐそばには璃子までいる。
「あ、ああ……」
パニックになった私が見たのは、亜弥子の後ろにいる、ありえない顔。
それは、社長夫妻と広代。
傷ひとつない社長夫妻は、吊り橋で見たときと同じ笑顔のまま。
さっきまで上にいたはずの広代も、どこにも傷なんて見えない。
「どうして……」

カラカラになった声で言う私に、広代は口の端で笑った。
「祠の奥にある階段は、本堂につながっているの」
　いつの間にか近くに来た宮司が、にこやかに私を見おろしている。
「最後の儀式は、神聖なる階段をおりてここに来ることだったんだよ」
　指さしたのは、私の後ろにある暗闇に沈んでいる階段。
「おめでとう。きみはこれで本当に"しるし"をもらえたんだ」
「……わからない。なにを言っているの？」
　どうしてみんなここにいるの？
　なんで社長やおばさんは生きているの？
　広代だって、どうして……。
「まだわからないの？」
　亜弥子がいつもと同じように優しく言った。
「さっき広代から説明があったでしょう？　全部がゲームだったの」
　頭が、痛い。
　亜弥子の声がうまく理解できない。
　雅美が前に出て私の顔をのぞきこんだ。
「いろんなところで疑問を抱いたはずよ。そういうふうに演じたんだもの。誰を疑うのかすら、シナリオどおり。ほんと、結愛は単純すぎるよ」
「だね。毎年もう少し意外な展開があるのにさ」
　璃子もバカにしたような目で見てくる。

「この半年間、楽しかったね」
　亜弥子が私の髪を愛おしそうに撫でた。
「結愛はおもしろいくらい簡単にだまされてくれていたよ」
　クスクス笑う亜弥子。
　同じように笑う雅美。
　璃子。
　顔がカッと熱くなるのを感じた。
　髪をなぞる手を振り払った。
　その瞬間だった、亜弥子の足元に黒い塊（かたまり）が見えた。
　まるでうずくまっているかのように見えるこれは……。
「ああ、これ？」
　亜弥子がにっこり笑って、足でそれを蹴ると、その固まりがごろんと転がった。
　仰向けになったその顔を見て息をのむ。
「お父さん！」
　それは、変わり果てた姿のお父さんだった。
　廃人のようにぼんやりと宙を見つめる青い顔。
　口からはよだれが流れて、小さくうめき声をあげている。
「お父さん、お父さん！」
　駆け寄りたいけれど、それを亜弥子と雅美がニヤニヤ笑って押しとどめてくる。
「どうしてお父さんまで……。ひどいよ、あんまりだよ！」
「だってゲームだし」
　こんなときまで笑っている亜弥子が信じられない。
「人の命をなんだと思っているの！」

叫びながら亜弥子につかみかかろうとする腕を、雅美につかまれた。
　鋭い視線が、私をまっすぐにとらえている。
「あんたたちの命は関係ないよ。だって、このゲームには村人全員の命がかかっているんだよ。虫けらみたいにしか生きてこなかったあんたたちとは違うんだよ！」
「キャア！」
　思いっきり突き飛ばされ、激しく畳の上に転がった。
　痛みに顔をしかめるけれど、座ってなんていられない。
　ふと、大和の顔が浮かんだ。
　私を助けようとして体を張って助けてくれた大和。
「私もお父さんも……大和も虫けらなんかじゃない」
　彼のためにも負けたくない。
　こんな不条理な連鎖を終わらせなくちゃ、毎年こんなふうに誰かが殺されてしまう。
「大和？」
　ふふん、と笑った亜弥子に殺意が芽生えた瞬間だった。
「広代が大和を殺した。仲間だと思わせておいて殺したの！いったい人の命をなんだと思っているのよ！」
　涙が一気にあふれた。
「狂ってる。あんたたちみんな狂ってる！」
　全身から放たれた声をみんなにぶつけた。
　あまりにもひどすぎる。
　こんな思いをするならば、さっき私が刺されていればよかったんだ。

大和、あなたに会いたい。
　会いたいよ。
　声を殺して涙を流すしかできない私。
　そのときだった。
　——バタン。
　背中でドアの閉まる音と、少しの風が足にあたった。
　床を踏む音がして、誰かが隣に並ぶ。
　横を見る前に頭に置かれた手。
　この感触を、覚えている。
「結愛」
　そこには、大和が立っていた。
「大和！」
　信じられなかった。
　大和が生きていた！
「ケガは？　ケガはしていないの!?」
　大和のシャツをつかんでその胸に顔をうずめる。
　だけど、なぜか周囲で大きな笑いが起きた。
　視界の端に、亜弥子たちがおかしそうに笑っているのが見えた。
　ゆっくりと、顔をあげる。
　違和感は、あった。
　大和は制服を着ていたはずなのに、どうしてシャツを着ているの？
　いつの間に着替えたの？
　刺されたはずのお腹のあたりにも血の痕跡(こんせき)は、ない。

「結愛は本当に素直だな」
「え？」
　大和が私を見る目を見て、
「ヒッ」
　息が止まりそうになった。
　柔和な笑い顔は、村人のそれと同じ。
　ニコニコとお面のような顔で私を見ている。
「……大和？」
　あとずさる私の肩を雅美がつかんだ。
　……すごい力。
「結局、今年も大和がいちばん上手だったね」
　雅美のあこがれるような声に、亜弥子は言う。
「私の恋人だもの。ヘタなはずがないでしょう」
　ふたりが熱い視線を交わすのをぼんやりと見ている私。
「大和は……転校生じゃなかった……の？　奈良県から来たって……」
　グラグラ回る視界のなか尋ねる。
　大和は腕を組むと首をかしげる。
「俺、関西弁でしゃべったことなんてないけど？」
「そんな……」
　信じられなくって、だけどもう大和の目は私の好きなそれではなかった。
　しびれた頭が、ひとつの答えにたどりつく。
　そういえば……間違った儀式の作戦も全部大和が言うとおりにやったんだ。

ここまでの誘導も、すべて大和の思いどおりに私を動かしていたんだ。
　それは、いちばん知りたくなかった答え。
　見渡すと、何百人もの同じ笑顔が私を取り囲んでいた。
　ゆっくりと口を開いた大和が言った。
「ゲームオーバー」
　その声に、"絶望"を見た。
　宮司が手を２回叩くと、ざわざわしていた本堂が水を打ったように静まり返った。
「さぁ、今年も皆さんのご協力で、無事に"しるし"を与えることができました」
　割れんばかりの拍手が生まれた。
　宮司が手をあげると、一瞬で音は止む。
「結愛さん。あなたが村を救ったのです」
　拍手。
　そして、一瞬で止まる音。
「さぁ、みなさんで永神様にいけにえを捧げましょう」
　宮司の言葉を合図に、村人がゆっくりと両手を伸ばして近づいてくる。
「いや、やめて！」
　どんどん近くなる手。
　その隙間から大和が見える。
「助けて、大和！　助けて！」
　必死に叫ぶ私が見たのは、小さく手を振る大和の笑顔。
　たくさんの手に目の前がまっ暗に染められてゆくなか、

どこかでサイレンが聞こえた気がした。
　彼らの秋祭りが、今、はじまる。

完

あとがき

こんにちは、いぬじゅんです。
いきなりですが、ホラーはお好きですか？
私は正直、小説も映画も怖くて見ることができません。
そんな私ですが、気がつけばホラーはこれで3作品目になります。
怖がりなことを逆手に取って、「自分が怖い」と思えるものを書けばいいのだ、と気づいてからは楽しく描くことができています。

しかし、やはりホラーはどうしても敬遠されがちです。
今回の作品は、そんな皆さんにも読むきっかけになれば、という思いで以下の三つの決め事をして書き始めました。

① なるべく人は死なない
② 幽霊は出てこない
③ 恋愛を主軸にする

物語は、ある閉ざされた村に転校してきた主人公に起きる出来事を中心に描いています。
殺人鬼や怨霊、さらには血みどろの惨劇も出てきませんので、夜に読んでも（きっと）大丈夫です。
私にしては珍しく、『人を好きになる感情』を丁寧に書

き込みました。

　青春らしい雰囲気のなか、ふいに顔を出す違和感を感じてもらえることを期待しています。

　その違和感が形になって姿を現したとき、静かな恐怖を体験してくださることを期待しています。

　これまでホラーを手にするのをためらった皆さんにもぜひチャレンジしてもらいたいです。

　ミステリーホラーと言うべきこの作品を書籍化してくださったスターツ出版の皆様、ありがとうございます。

　素晴らしい表紙を描いてくださった夢乃ゆめ様、デザインを担当してくださいましたアンシークデザイン様、私の世界をこんなにも忠実に表してくださり感謝しております。

　最後にいつも応援してくださっている皆様には、格別のありがとうを伝えさせてください！　皆さんの励ましが私の原動力になっています。

　本当にありがとうございます。

2017.10.25　いぬじゅん

この物語はフィクションです。
実在の人物、団体等とは一切関係がありません。

いぬじゅん先生への
ファンレターのあて先

〒104-0031
東京都中央区京橋1-3-1
八重洲口大栄ビル7F

スターツ出版(株)書籍編集部 気付
いぬじゅん先生

KEITAI SHOUSETSU BUNKO
野いちご SINCE 2009

神様、私を消さないで
2017年10月25日　初版第1刷発行

著　者	いぬじゅん
	©Inujun 2017
発行人	松島滋
デザイン	カバー　ansyyqdesign
	フォーマット　黒門ビリー&フラミンゴスタジオ
ＤＴＰ	朝日メディアインターナショナル株式会社
編　集	飯野理美
	須川奈津江
発行所	スターツ出版株式会社
	〒104-0031　東京都中央区京橋1-3-1　八重洲口大栄ビル7F
	ＴＥＬ　販売部03-6202-0386（ご注文等に関するお問い合わせ）
	http://starts-pub.jp/
印刷所	共同印刷株式会社

Printed in Japan

乱丁・落丁などの不良品はお取替えいたします。上記販売部までお問い合わせください。
本書を無断で複写することは、著作権法により禁じられています。
定価はカバーに記載されています。

ISBN 978-4-8137-0340-2　C0193

ケータイ小説文庫　2017年10月発売

『ほんとのキミを、おしえてよ。』あよな・著

有紗のクラスメイトの五十嵐くんは、通称王子様。爽やかイケメンで優しくて面白い、完璧素敵男子だ。有紗は王子様の弱点を見つけようと、彼に近付いていく。どんなに有紗が騒いでもしつこく構っても、余裕の笑顔。弱点が見つからない上に、有紗はだんだん彼に惹かれていって…。

ISBN978-4-8137-0336-5
定価:本体 590 円+税

ピンクレーベル

『日向くんを本気にさせるには。』みゅーな**・著

高2の雫は、保健室で出会った無気力系イケメンの日向くんに一目惚れ。特定の彼女を作らない日向くんだけど、素直な雫のことを気に入っているみたいで、雫を特別扱いしたり、何かとドキドキさせてくる。少しは日向くんに近づけてるのかな…なんて思っていたある日、元カノが復学してきて…？

ISBN978-4-8137-0337-2
定価:本体 590 円+税

ピンクレーベル

『この胸いっぱいの好きを、永遠に忘れないから。』夕雪*・著

高校に入学した緋沙は、ある指輪をきっかけに生徒会長の優也先輩と仲良くなり、優しい先輩に恋をする。文化祭の日、緋沙は先輩にキスをされる。だけど、その日以降、先輩は学校を休むようになり、先輩に会えない日々が続く。そんな中、緋沙は先輩が少しずつ記憶を失っていく病気であること知り…。

ISBN978-4-8137-0339-6
定価:本体 570 円+税

ブルーレーベル

『この想い、君に伝えたい』善生茉由佳・著

中2の奈々美は、クラスの人気者の佐野くんに密かに憧れを抱いている。そんなことを知らない奈々美の兄が、突然彼を家に連れてきて、ふたりは急接近。ドキドキしながらも楽しい時間を過ごしていた奈々美だけど、運命はとても残酷で…。ふたりを引き裂く悲しい真実と突然の死に涙が止まらない！

ISBN978-4-8137-0338-9
定価:本体 590 円+税

ブルーレーベル

ケータイ小説文庫　好評の既刊

『遊園地は眠らない』 いぬじゅん・著

高2の咲弥は、いつの間にかクラスメイト6人とともに古びた遊園地にいた。不気味な雰囲気の中、咲弥たちはリニューアルを記念した現金争奪戦に参加することになってしまう。ルールはカードに記されている全部の乗り物にのり、スタンプを集めるだけ。咲弥たちはクリアを目指すけれど…？

ISBN978-4-8137-0041-8
定価：本体580円+税

ブラックレーベル

『444』 いぬじゅん・著

高2の冬、東京から田舎の高校に転校してきた桜は、クラスで無視され、イジメを受ける。そんな中、以前イジメを苦に自殺した守という生徒の一周忌に参列したとき、桜は守の母親から「444には気を付けて」と不気味な話を聞く。やがて、次々に死んでいくクラスメイトや教師…。呪いの震撼ホラー！

ISBN978-4-88381-951-5
定価：本体520円+税

ブラックレーベル

『自殺カタログ』 西羽咲花月・著

同級生からのイジメに耐えかね、自殺を図ろうとした高2の芽衣。ところが、突然現れた謎の男に【自殺カタログ】を手渡され思いどどまる。このカタログを使えば、自殺と見せかけて人を殺せる。つまり、イジメのメンバーに復讐できることに気づいたのだ。1人の女子高生の復讐ゲームの結末は⁉

ISBN978-4-8137-0307-5
定価：本体590円+税

ブラックレーベル

『爆発まで残り5分となりました』 棚谷あか乃・著

中学の卒業式をひかえた夏伱たちのまわりで、学校が爆発する事件が立て続きに起こる。そして、不可解な出来事に巻き込まれながら迎えた卒業式。アナウンスから流れてきたのは、「教室を爆発する」というメッセージだった…。中学生たちの生き残りをかけたデス・ゲームが、今はじまる。

ISBN978-4-8137-0275-7
定価：本体600円+税

ブラックレーベル

ケータイ小説文庫　2017年11月発売

『手をつないで帰ろうよ。』嶺央・著

4年前に引っ越した幼なじみの麻耶を密かに思い続けていた明菜。再会した彼は、目も合わせてくれないくらい冷たい男に変わってしまっていた。ショックをうけた明菜は、元の麻耶にもどすため、彼の家で同居することを決意！ときどき昔の優しい顔を見せる麻耶を変えてしまったのは一体…？
ISBN978-4-8137-0353-2
予価：本体 500 円＋税

ピンクレーベル

『地味子の"別れ"大作戦』花音莉亜・著

高2の陽菜子は地味子だけど、イケメンの俊久と付き合うことに。でも、じつは罰ゲームで、それを知った陽菜子は傷つくが、俊久と並ぶイケメンの拓真が「あいつ見返してみないか？」と陽菜子に提案。脱・地味子作戦が動き出す。くじけそうになるたびに励ましてくれる拓真に惹かれていくけど…？
ISBN978-4-8137-0354-9
予価：本体 500 円＋税

ピンクレーベル

『万華鏡～片眼の恋～(仮)』桃風紫苑・著

高2の鏡華は、クラスの女子から受けた嫌がらせが原因で階段から落ち、右目を失ってしまう。その時の記憶から逃れるために田舎へ引っ越すが、そこで明るく優しい同級生・深影と出会い心を通わせる。自分の世界を変えてくれた深影に惹かれていくけれど、彼もまた心に傷を負っていて…。
ISBN978-4-8137-0355-6
予価：本体 500 円＋税

ブルーレーベル

『また、キミに逢えたなら。』miNato・著

高1の夏休み、肺炎で入院した莉乃は、同い年の美少年・真白に出会う。重い病気を抱え、すべてをあきらめていた真白。しかし、莉乃に励まされ、徐々に「生きたい」と願いはじめる。そんな彼に恋した莉乃は、いつか真白の病気が治ったら想いを伝えようと心に決めるが、病状は悪化する一方で…。
ISBN978-4-8137-0356-3
予価：本体 500 円＋税

ブルーレーベル

書店店頭にご希望の本がない場合は、
書店にてご注文いただけます。